とある双子の子猫の口上曰く

あら、いらっしゃい。
あら、いらっしゃい。
なにが欲しいの？
どれが欲しいの？
なんでもあるわ。そうね——。
なんでもあるの。そうね——。

その銃なんてどうかしら。
ふわふわ浮くのがとっても可愛いでしょう？
　きっとあなたを守ってくれるわ。だってあなたの琥珀《こはく》の目だ
その剣なんてどうかしら。
大きくて長いけどとっても強そうでしょう？
　きっとあなたを守ってくれるわ。だってあなたの微笑みはやわらかいから
その剣なんてどうかしら。
ふたつが一緒なのがとっても素敵でしょう？
　きっとあなたを守ってくれるわ。だってあなたは奔放《ほんぽう》で従順みたいだから。

あら、違うものがいいの。
あら、とってもぜいたくね。

そのモノクルなんてどうかしら。
着ければなんでも分かってしまうのよ。
きっとあなたを守ってくれるわ。だってあなたの目はとても甘やかだから。
そのギルド章なんてどうかしら。
着ければなんでもかんでも凍らしてしまうのよ。
きっとあなたを守ってくれるわ。だってあなたの手元はとても優しいから。

黄金のブレスレットは?
魔鳥《まちょう》を呼び寄せる笛は?
きれいな刺繍《ししゅう》のスカーフは?
魔物の骨で作られたペンは?
あら、こちらのバスケットには食事がたくさん。
あら、こちらには欠けた鈍色《にびいろ》の刃がひとつだけ。

ひとつひとつ、語ってあげましょうか。
これらぜんぶ、語ってあげましょうか。
だれのものか、どういうものか、聞きたいのなら教えてあげる。
だれのために、どうあったのか、知りたいのなら教えてあげる。

――――さぁ、お茶の支度をしてちょうだい。

リゼルさん

お世話になっております。
パルテダール国パルテダ冒険者ギルド所属職員のスタッドです。
手紙は確かに拝受いたしました。有難《ありがと》うございました。

今朝は干しブドウ入りのパンを食べました。
開業準備中に昨日分の業務漏《も》れを発見したので処理しました。
受付業務は滞《とどこお》りなく終わりました。
冒険者同士の衝突が二件ありました。
昼は行きつけの店でコーヒーと軽食を頼みました。
午後からは依頼申し込みがやや多かったです。
依頼料を安くしてほしいと依頼人から申し出がありましたが断りました。
報酬《ほうしゅう》を増やせないかという申し出が冒険者からありましたが断りました。
夜はギルド長に連れられて職員一同と外食をしました。
勧められて飲んだ酒はあまり美味しくありませんでした。
休みだった職員への引き継ぎは特にありません。

アスタルニア冒険者ギルドに至らぬ点がありましたこと、お詫び申し上げます。

お手数ですが、そちらの職員にくれぐれも気をつけるようお伝えください。

以上、宜しくお願い致します。


できるだけ早く会いたいです。

スタッド［ギルド紋章の印影］

＊　＊　＊

「こういう手紙が王都のギルドの子から来たんですよ」

「あー……まぁうちの過失なのは事実だしな」

「ギルドの勢力争いとかはありませんよね」

「無《ね》ぇ無ぇ。別に言うのはいいんだ、んなもんお前の勝手だしな。……ただ職員と冒険者が手紙送り合う仲ってのがいまいち想像できねぇんだよな」

「良い子でしょう?」

＊　＊　＊

リゼルさんへ

手紙の返事、本当にありがとうございます。

気を遣わせてしまったならすみません。でも、とても嬉《うれ》しいです。

踏破した迷宮の話も驚きました。水中を進む、そんな不思議な迷宮があるんですね。

そこで初めて料理をした、という一文を読んだ時は驚きました。でもジルさんやイレヴンが一緒だったなら安心です。それで今度僕の料理の手伝いを、とのことですが、大丈夫、なので、僕は僕の料理をリゼルさんに食べてほしいと思っているので、大丈夫です。


先日マルケイドに仕入れに行って、爺様からアスタルニアでリゼルさんと会ったと聞きました。

爺様が何か無茶を言っていなければ良いんですけど……。けど、良い魔物素材を買い取れたと上機嫌で僕の店にも卸《おろ》してくれたんですよ。

鎧王鮫《オリハルコンシャーク》の鱗で、とても大きくて頑丈な素材でした。王都周りにいない魔物は詳しくないんですが、爺様にどれだけ希少なものかを聞くことができました。それをリゼルさん達が狩ったとも。流石《さすが》です！

魔物肉も舌に合ったと聞きました。僕もレパートリーを増やしておきますね。

そういえば爺様が「あいつらは意外と謙虚《けんきょ》だな」と笑っていました。爺様が何でも買ってやるって言ったそうですけど……アスタルニアだし、もしかして中古船とか頼んじゃいましたか？

新造船でも使わなくなったら売れるし、言ってもらえれば僕からも素材を送るので遠慮なんて……あ、でも完成まで帰ってこられなくなったら寂しいので、その、新しい船じゃなくて良かったかもしれません。……すみません。

先日、迷宮本が一冊鑑定に持ち込まれました。

迷宮本にしては珍しく、『魔物が見る迷宮内風景』という画集でした。

迷宮の中は絵画でしか見たことがないので新鮮です。リゼルさんはいつも、こんな幻想的な風景を歩いているんですね。

ジャッジより

＊　＊　＊

「宝箱、ないですね」

「欲しいもんでもあんのか」

「ジャッジ君に迷宮の中にいるって思えるような絵画をあげたくて」

「お前が写ってるほうが喜ぶんじゃねぇの」

「そうですか？　一時間くらいポーズとってみようかな」

「そこまですんなら絵師に描かせろよ……」

＊　＊　＊

リゼルさん

お世話になっております。
パルテダール国パルテダ冒険者ギルド所属職員のスタッドです。
返信は確かに拝受いたしました。有難うございました。

今朝は硬いパンをスープにひたして食べました。
スープはギルド長の妹が作り置いていったものです。
開業準備は滞りなく終わりました。
受付業務は滞りなく終わりました。
冒険者同士の衝突が一件ありました。
昼は職務中にサンドイッチを食べました。
午後は買い出しを頼まれたので外出しました。
買い出しメモの【俺の昼飯】は無視しました。
インクに値上がりの傾向があります。
ギルドに戻ってからは受付業務に入りました。
酔った冒険者による職員への暴力行為を防ぎました。
剣を弾いて喉《のど》を狙ったら使ったペーパーナイフが折れました。
件《くだん》の冒険者は降格処分《ランクダウン》となりました。

処分の決定はギルド長の管轄《かんかつ》です。

休みだった職員への引き継ぎは上記一点です。

貴方の手紙にあった釣りはやったことがありません。

ぜひ教えていただきたいと思います。

船上祭《せんじょうさい》もですが建国祭《けんこくさい》にまた一緒に行きたいです。

貴方からアスタルニアの話が聞ける日を楽しみにしております。

スタッド［ギルド紋章の印影］

＊＊＊

「宿主さん、また釣りに連れていってくださいね」

「まさかと思いますけど嵌《は》まりましたか。嬉しいけど複雑すぎる」

「王都にいる子に釣りを教えてほしいって言われたんですけど」

「おっ、釣り好きが増えるのは嬉しいですよ」

「いかにも玄人《くろうと》っぽい余裕を醸《かも》し出しながら教えたくて」

「貴族なお客さんにもそういうのあるんですね⁉」

＊＊＊

リゼルさんへ

困ったことがあれば言ってください。

この前、リゼルさんの知人の方、かは分からないんですが回復薬を届けにきた女性が何だか、リゼルさんを、ストライク、あの、そういう、一晩、いえ、何でも。

すみません、何でもありません……。

けど本当に、僕にできることは少ないかもしれませんが、困りごとがあれば教えてください。僕がリゼルさんを守ります。どんな手を使っても、絶対に守ります。誰かに変なことを言われたら、いつでも店に駆け込んできてください。


そういえば、卸し先の画商から気になる噂《うわさ》を聞きました。

マルケイドでリゼルさん達のパーティの絵画を探している商人がいるそうです。それだけなら特に珍しくはないし、当たり前の話なんですが、いきなり必死に探し始めたそうで卸し先の人も不思議がっていました。

理由を聞いてみたところ「名誉挽回《ばんかい》のため」と言っていたそうで……。

詳しい事情は分かりませんが、名誉挽回にリゼルさんを使おうとするのが、その、あまり僕は好きではないので、もしリゼルさん達の絵画を取り扱うことがあってもその方に回さないように卸し先の方にお願いしてしまいました。

余計な心配かもしれませんが、もし帰りに商業国に寄る予定があれば気をつけてください。

……困らせることだとは、分かってるんですけど。

魔物料理、たくさん練習しました。美味しく作れるようになったと思います。取り置きの迷宮本も、リゼルさんが好きそうな迷宮品も、もちろん商機を逃すようなことはしていませんけど、随分と増えてきました。最近はスタッドとも仕事でしか会わなくなって、中心街にも仕事以外で行かなくなりました。

なので、すみません、リゼルさんのご来店をお待ちしています。

ジャッジより

＊＊＊

「謝る必要なんてないのに」

「貴方、嬉しそう。それ、紙？」

「そう、手紙ですよ。王都にいる子の言葉」

「何、書く？」

「秘密です。けど、そろそろ戻らないとですね」

「？」

＊＊＊

リゼルさん

お世話になっております。
パルテダール国パルテダ冒険者ギルド所属職員のスタッドです。
手紙は厳重に保管してあります。有難うございます。

今朝はバゲットにジャムを盛って食べました。
開業準備は滞りなく終わりました。
受付業務中に貴方の話題が聞こえてきました。
もう戻ってこないのではと話していました。
不愉快でした。
昼は行きつけの店でコーヒーと軽食を頼みました。
午後からは滞納されている依頼料の回収に行きました。
滞りなく回収を終えることができました。
褒《ほ》めてください。
受付業務中に貴方がいつ戻ってくるのか聞かれました。

分からないと答えるしかありませんでした。

私のほうが知りたいのに図々しい質問でした。

いつ帰ってきますか。

休みだった職員への引き継ぎは特にありません。


新入りの冒険者の推薦者になったとのことですが、貴方が選んだ相手なら私は何も言いません。

ですが素行次第では取るべき対応を取りますのでご了承ください。

ランクアップなどの処理ができなくなるのを承知で所属ギルドを王都から移さないでいてくれたこと、嬉しく思うと同時にもどかしくもあります。

そうでなければ私はとっくにそちらへ伺《うかが》っているので。

スタッド［ギルド紋章の印影］

＊　＊　＊

「ナハスさん、旅順は順調ですか？」

「ああ、予定どおりだ。どうした、急ぐ用でもできたか？」

「王都の子が〝早く戻って来ないと自分がアスタルニアに行く〟と」

「ははっ、慕《した》われてるな。……ジョークだよな？」

「はい。彼の初ジョークです」

「なんで嬉しそうなんだ……」

そして王都での再会へ。

書籍11巻　電子書籍版特典ＳＳ

船に浪漫《ろまん》を抱くクァトの旅路

木の板が軋《きし》む音。船腹《せんぷく》を波が叩《たた》く音。

耳元では固く結ばれたロープが擦《こす》れ合う音。ついでに隣の誰かの大イビキ。

四六時中灯りっぱなしのランプが瞼《まぶた》越しに瞳を突き刺し、今が何時かも分からない。

そんな寝心地の保証が一切ない環境で、クァトはゆっくりと眠りから覚めた。


天井が近いなと、乗船から毎日思っていることを今日も内心で零《こぼ》す。

被っていた毛布を捲《まく》り上げながら上体を起こせば、今まで身を横たえていたハンモックが波打つように揺れた。衣服越しに肌に食い込む縄目も結び目も、戦奴隷《ソードダンサー》である彼にとっては然《さ》して気になるものではない。下ろした両足を揺らしながら大きく一つ欠伸《あくび》を零す。

毛羽立つロープにくすぐられた首筋が痒《かゆ》くて、少し汗ばんだそこを指先で掻《か》いた。風の魔石《ませき》がどうこう、火や水の魔石がどうこう、だから今は水面下の密室でも過ごしやすいけど昔はどうこう、そうやって乗船した日の夜に酔っ払いながらも得意げに語ってくれた船員の言葉を思い出しながらグルリと周りを見渡してみる。

まだ誰も起きていないようだった。もしかしたら日も昇っていないのかもしれない。

何となく足元を見下ろしてみる。ハンモックの下には積み荷が敷き詰められていて、今クァトが両足を置いているのも中身の詰まった木箱だった。揺れによる荷崩れを防ぐために高く積み上げられないので、代わりとばかりに空いた空間が寝床として利用されている。

「……」

クァトは暫《しばら》くぼうっとしたが、やがて毛布を片手にハンモックから下りた。

初めこそハンモックに乗れもしなかったが、数日使っていれば嫌でも慣れる。別に嫌ではないけれど、と木箱や樽《たる》を踏《ふ》みつけて軽い音を立てながら床へと足裏をつけた。

誰も起きないのを確認して荷物を避けながら、時に跨《また》いだり踏んづけたりしながら扉へ向かう。

船員というのは凄《すご》いもので、波音や酒盛りの中でさえ平気で眠れてしまうらしい。つい先日まで穏やかな人の隣で夜の帳《とばり》に微睡《まどろ》んでいたクァトなので、乗船初日にはなかなか眠れなかったものだ。

割とすぐに慣れたが。

「あふ……」

再び大きな欠伸を漏らしながら狭い廊下を歩く。

波の音は絶えず聞こえてくるが、何日か乗っていれば気にならなくなる。

揺れも大きなものなら踏ん張るものの、既に日常の一部と化して意識の外へと去っていた。

頻繁《ひんぱん》に荷物が行き来する通路の壁には無数の小さな傷が刻まれており、何となくそれを眺めながら歩いていれば壁に張りつくように上へと伸びる梯子《はしご》を見つける。しっかりと壁に打ちつけられているそれを握り、一段ずつ足をついて上の階へと上った。

「よう」

最後に床に肘《ひじ》をつきながら身を乗り出せば、行儀悪くキャプスタンに腰かけた男が一人。肌寒い朝を憂《うれ》いてか、それとも寝ずの番を終えての一服かは知らないが、手にした湯気の立つコーヒーカップを持ち上げながら挨拶《あいさつ》を寄越《よこ》す。

「おはよう」

「おう、どうだ。そろそろ寝れるようになったか？」

「もう、寝れる」

「そりゃ優秀だ」

その声は潮風にやられて掠《かす》れきっている。しかし気持ちの良い笑い声だった。

初めて船旅を経験する者の中には、まず初めに船酔いにやられ、そして眠れぬ夜に気が参り、満足に物を食べる事もできずに上陸まで部屋に籠《こ》もりきりになる者も珍しくないらしい。

クァトも貰《もら》った酔い止めがなければ全く同じ運命をたどっていただろう、乗船一歩目でぶっ倒れて新たな伝説を刻んだ話は、今でも笑い話として毎晩酒の肴《さかな》にされている。

「毛布、持ってくなら飛ばすなよぉ」

「分かった」

熱いコーヒーをすするように味わう男に頷《うなず》いて、外へと繋がる扉を開いた。

階段下に設けられた扉だ。開けば踏板《ふみいた》の隙間《すきま》から甲板《かんぱん》と薄暗い海が覗く。体の芯《しん》を震わせるような冷たい風を顔面に受けながら後ろ手に扉を閉め、毛布を体に巻きつけながらゆっくりと甲板の上を歩き出した。冷気が眼球に触れるのが堪えて目を細める。

空には星が見えた。船乗りが感じるような有難みは分からないが綺麗《きれい》だとは思う。水平へと視線を投げれば、ある方向だけ夜闇が青みがかって星も姿を消していた。早く起きすぎたかと思ったが、じき夜明けではあるのだろう。日の出を見られそうだ。

足を止めて帆の畳《たた》まれたマストを見上げる。

天に突き出した太いマスト。どうしても上りたくなる船尾楼《せんびろう》。波を割らんばかりの船嘴《せんし》。船というのはやはり全てが格好良くて、自身の心を強く摑《つか》んで離さない。

「…………」

クァトは満足げに一つ頷き、日の出を待とうと船の先端へと歩いて行った。

食事は毎日変わり映えしないが、特に気にならなかった。

何せ奴隷時代はパンばかり食べていた。それは敢《あ》えて不遇な扱いを受けていた訳でもなく、支配者や信者達がそういった食事しかとらなかったからだ。彼らは研究こそ己の欲求だとばかりに食に対しての関心が薄く、必然的にクァトの食事もそれに倣《なら》っていた。

よって、船での食事を味気ないなどと思ったことは一度もない。

「お、食ってるな」

「食ってる」

甲板の樽に座って配られた朝食をとっていると、通りがかりの船員に声をかけられた。

クァトの乗船に口をきいてくれた船員だ。目の前では他の船員達が出発準備に動き回っているが、彼の両手にはクァトと全く同じ朝食がある。間延びした声に、彼が夜間の見張り番だったことを悟った。この食事が済めば、そのまま船内に戻って熟睡するのだろう。

「うちの船はそこそこのモン食えっけど味気ないよなぁ」

「？　美味しい」

「良《い》いヤツめ」

隣の樽に座った船員は、瞼を半分落としたままケラケラと笑った。

ワンプレートに盛られた味付きの豆、チーズ、塩漬けの肉、キャベツの酢漬け。彼は保存が効くように焼かれた硬いパンに手持ちのナイフで切れ目を入れて、それらを詰め込んで大きく開いた口へと押し込んでいく。なかなかに顎《あご》の力が必要そうな食べ方だった。

「あの貴族っぽい人、乗ってこねぇの本当助かったな」

「嫌？」

「嫌とか嫌じゃないとかじゃねぇんだよなぁ」

呆れたように告げる彼を、クァトはスプーンで掬《すく》った豆を頬張りながらじっと見る。

別にリゼルが嫌われていようが特に何も思わない。関係がないからだ。自身がリゼルの傍にいたいのは何も変わらないし、取るに足らない他人の感情がリゼルに影響を及ぼす訳でもない。だからこそ純粋な疑問を以《もっ》て話の続きを待っていれば、船員は乾燥したのだろう口に水を流し込みながら逆にクァトへと問いかけた。

「お前は嫌じゃねぇの？」

「？」

「あー、そだな……あの人に、こんなん食わせんのかっつうさ」

ひょいと持ち上げられた皿に、クァトは己の皿を見下ろした。

普通に美味しい。きっとリゼルは物珍しそうに食べるだろう。連れていってもらった酒場でも、珍しい食材が入ったと聞けばすぐに注文して興味深そうに口にしていた。

「多分、喜ぶ」

「ははっ、まさか」

「喜ぶ」

「……マジかよ」

信じがたい、と口元を引き攣《つ》らせる船員を不思議に思いながらも食事を再開する。酢漬けのキャベツがやけに酸っぱい。これが普通なのか浸かりすぎなのかは分からなかった。

「んん、そういう……冒険者って、え、本気で……？」

何やら項垂《うなだ》れてブツブツ呟いている相手を気にせず、クァトは朝食を綺麗に完食した。


船尾楼は魔鳥の止まり木代わりになっている。

朝食を終えてからは飴《あめ》を舐《な》めながら司厨長《しちゅうちょう》の隣で皿を磨き、腰を入れての甲板掃除を済ませ、櫂《かい》を握り締めて掛け声に合わせて漕《こ》ぐこと暫く。帆船《はんせん》でも櫂を使うことがあるのかと貴重な体験に感動しながら訪れたのが、船長室の真上にある見晴らしの良い船尾楼だった。

梯子を上って顔を出せば、雲一つない空から燦々《さんさん》と降り注ぐ日差しに微睡む魔鳥が二匹。床に敷かれた分厚い絨毯《じゅうたん》の上でふっくらと羽を膨《ふく》らませながら目を閉じている。

「おう、お疲れ」

「寝てる？」

「別に良いぞ」

上体を持ち上げるように船尾楼に上れば、魔鳥の傍で寝転がる男二人に迎えられた。

彼らは緩慢《かんまん》な動きで寝転んでいた体を起こし、顔を上げた己の魔鳥の嘴《くちばし》を撫《な》でてやっている。髪を掻き混ぜながら流れていく潮風に、ギュウ、と魔鳥の鳴き声が時折重なった。

「そういやお前、御客人の連れなんだって？」

「？」

「ほら、品が良いのと赤いのと黒いのとが三人いただろ」

「いた」

魔鳥と騎兵から三歩ほど離れ、魔鳥の日向ぼっこに交じるように胡坐《あぐら》をかく。怖がらなくて良いぞ、触っても大丈夫だ、度々そうかけられる声には一度も応えた事がない。

クァトは魔鳥騎兵団というものをあまり知らない。

その名ですら聞いたことがあるかもしれないという程度。なにせクァトを使役《しえき》していた信者達はその存在を「師の意に反する者」だの「異端者の集まり」だの称していたのだ。襲撃の狙いも手段も曖昧《あいまい》であったクァトには、彼らがその標的だったというのも定かではない。

けれど、あっさりと触れるのは憚《はばか》られた。いつか撫でられればとは今は願うのみ。

「あの人らと一緒に行動できるだけで凄ぇわ」

「凄い、ない」

「いや凄ぇよ。日常生活にあの三人いるとか大事件だろ」

笑い合う騎兵達を見るも、よく分からず首を傾《かし》げる。

特に寝ぐせを直すこともない髪が鎖骨を刺す感触がした。穏やかな顔の傍で揺れる柔らかな髪と違い、随分と硬いらしい己の髪は時々肌に刺さる。手で掻き混ぜた時に指に刺さって、運が悪ければぷつりと血が滲む時もある。

戦奴隷だから、というより髪が硬い者特有の〝あるある〟だと教えてくれたのは酒場で席を共にした作業員だっただろうか。撫でてくれた手に傷一つつかなかったことに今更ながら安心する。

「撫でる、くれた」

「可愛がられてんだな」

「教える……教えて、くれた」

「殿下にモノ教えるくらいなんだから分かりやすいんだろ？」

懐かしさに弾んだ声で告げれば、騎兵達はのんびりと笑いながら頷いてくれた。

撫で続けている魔鳥に向ける眼差しと似たような目をされている。そちらに釣られているのだろうと然して疑問は抱かず、リゼルの話題に前のめりになりそうな体を堪《こら》える。

「殿下？」

「うちの王族だよ。二番目」

「二番目……」

「ここだけの話、ぱっと見は布の塊《かたまり》だぞ」

「あんま言いふらすなよぉ」

企むような笑みに曖昧に頷く。物凄く心当たりがあった。

リゼルについて訪れた書庫で見たことがある。そういえばリゼルも相手を殿下と呼んでいた気がする。むしろアスタルニア王宮の地下牢にいた時に初遭遇《そうぐう》は済ませていた。

自身の牢に度々訪れては、ぽつりぽつりぽつり雨垂れのような声で質問を寄越してきた男。声が男だったので間違いないはずだ。正直その姿が怖すぎて質問には気もそぞろだったが。

「一番目も、布？」

「まさか。一番目っつうと国王だぞ、国王」

「流石にねぇわ」

クァトには何故二番目ならば布の塊でも良いのかが分からなかった。

「その、地位？　難しい」

「まぁ近くにバグりまくってる御客人いるとな」

「訳分かんなくなるよな」

そういう意味ではなかったが頷いておく。

徐々に思い出してきている故郷の記憶を漁ってみれば、戦奴隷の集落では長になるのに生まれも育ちも関係がなかった。必要なのは、ただ誰よりも実力があるという事実のみ。幸いにも人格に問題のある者が長になったことはなく、基準は非常に分かりやすかった。

「強い、関係ない？」

「騎兵団《うち》はあるぞ、魔鳥の群れだしな」

「まぁ純粋な強さだけじゃねぇが」

群れ、という単語に納得しながら白波を眺めている魔鳥を観察する。

硬く鋭い嘴も、攻撃的で力強い爪も、確かに彼らが魔物だと告げていた。それを従えているというのは今でも信じがたいが、互いにリラックスしている姿に警戒心を抱くことはない。

「群れの長、いる？」

「おう、うちの隊長の魔鳥がそうだ。そうだな、魔鳥がそうだから俺らにも隊長と副隊長があるっつうと分かりやすいか？」

「完全に魔鳥本位って訳でもないけどな。魔鳥の中から長の資質がある奴ピックアップして、そんでパートナーが纏《まと》め役できそうな奴かどうかで絞《しぼ》って、訓練してみて、だ」

「何となーく収まるように収まるよなぁ」

「隊長が上手いんだよな、そこらへん見極めんの」

「雛《ひな》ん時から顔見りゃ分かるらしいぞ」

「長に向きすぎだろ」

そのまま怒濤《どとう》の勢いで魔鳥トークが始まりそうになった時だ。

ふいに甲板から騎兵を呼ぶ声がする。どうやら騎兵が必要な事態となったようだ。これまでも魔鳥の気晴らしにと船の上空を飛ぶのを見たことがあったが、彼らは翼を持つ彼らしか成し遂げられない役割があって乗船している。

それこそ、アスタルニアが群島との交易を独占できる所以《ゆえん》。〝船殺し〟と呼ばれる魔物が出没する海域において、たった二組の騎兵で大型帆船を守りきる空の守護者たちなのだから。

「お、そろそろか。おうい、起きろ起きろ」

「よしよし、ひっさびさに血沸く狩りができるぞ」

それぞれに声をかけ、騎兵らは腰を上げて身を震わせる魔鳥に騎乗する。

数歩離れて見上げれば、見ていろとばかりに好戦的な笑みを浮かべて飛び立っていった。その笑みに自分もと体が疼《うず》きそうになるも、海の魔物と海の中で戦うなと言われている。変に手を出すのは止《よ》したほうが良いだろう、しかし見学はしたいと船尾楼から飛び降りた。

視界は何処《どこ》までも広がっている。

雲一つない高い高い空、それを映して煌《きら》めく大海原、走り回る船員の間を縫うように船嘴へと駆け寄れば、海面に落ちた真っ黒い影に翼を広げた大鳥のそれが並んだ。羽音と共に目の前に降りてきた彼らは、進み続ける船嘴と戯《たわむ》れるように交差しながら空を駆ける。

「こん時のために乗せてんだ、頼むぞ！」

クァトの隣にやってきた船長が吠えるように指示を飛ばす。騎兵二人が握り締めた槍《やり》を軽く上げてみせるのに、いかにも海の男といった風体《ふうてい》を持つ大男は大きな声で笑った。

「おめぇさんは、まぁ良い。本当なら客は部屋に突っ込んどくけどな」

「平気」

「落ちたら捨ててくからなぁ！」

力強く背中を叩く手は分厚くて大きい。

手先が不器用な船乗りなどいないと、飲みの席で酒を片手に笑い飛ばしていたのは目の前の男だ。

この武骨な手もいざという時は器用に動くのだろうと何となく思う。

「ようし、おめぇら気合入れろよ。海の藻屑《もくず》になっちゃあ酒も飲めねぇからなぁ！」

数々の力強い返事が船上の空気を震わせた。

クァトは目を瞬かせ、そして水平の彼方へと意識を集中する。顔面を打ちつける潮風を気にかけず目を凝らし、やはり戦意に疼きそうになる心を落ち着かせるのだった。


そして、無事に魔物蔓延《はびこ》る海域を抜けた日の夜のこと。

哀れな見張りを残して祝宴に騒ぐ船員に交じるクァトへと、とある船員が問いかけた。

「そういやお前の喋《しゃべ》り方なんでそんなんなわけ？」

乗船してから何度目かの質問に、クァトはいつもどおりの回答をあっさりと返す。

「故郷が、凄く、秘境」

「成程」

めちゃくちゃ納得された。

リゼルが用意した伝家の宝刀「凄く秘境」は誰に対しても有効で、全員「あー……」と深く心得たように何度も頷いてくれる。別に嘘という訳でもないので良いだろうとクァトは気にせず、手にした葡萄酒《ぶどうしゅ》を喉に流し込んだ。

ちなみに彼は船旅を終えた後、陸に下りても何日かは地面が揺れる感覚が続くことを知らずに酔い止めの飴を舐めるのを止めて往来でぶっ倒れるのだが、そんなことなど今は知る由《よし》もない。

書籍12巻　TOブックスオンラインストア特典SS

宿の前でフリマ開催は却下された

それはリゼル達がまだアスタルニアに滞在していた頃のこと。

暖かな昼下がりの陽気に鼻歌を歌いつつ、宿主は籠《かご》を片腕に抱えて階段を上る。何という洗濯日和、早朝を過ぎた今からシーツを洗おうが十分に乾くだろう。本当ならば早朝に洗って干してしまいたいのだが、今から向かう部屋の住人は起床が少しばかりゆっくりなのだ。

最強と呼ばれるとんでもない迫力を持つ男の部屋と、癖が強すぎて会話してもらえるかも賭《か》けである男の部屋のシーツは既に回収済み。前者は日々早くから活動してくれるので悠々と回収できるし、後者は昨晩から帰っていないので今の内にとばかりにダッシュで回収した。部屋に帰ってきた相手と鉢合《はちあ》わせても気まずいので超ダッシュだった。

本当ならば向かっている部屋の主、リゼルが朝食をとっている間にでも回収するのが良いのだろうが、彼が一人で朝食をとっているとついつい付きっきりになってしまいがちだ。給仕のように甲斐甲斐《かいがい》しく料理を出して皿を回収して、飲み物のおかわりはパンにはジャムかバターか、リゼルは「忙しかったら構わずに」と言ってくれるが宿主はやりたくてやっているので問題なし。

なにせ盆を手に隣のテーブルにでも凭《もた》れて、料理の感想だったり何てことない雑談を交わして、その度に優しい微笑みを向けられるのが非常に贅沢《ぜいたく》な時間のように思えて仕方ない。穏やかな話し口との会話は自分にも教養があると錯覚《さっかく》させてくれる。美味しいと褒められるとガッツポーズして雄たけびを上げたくなる。高貴な色を宿した瞳が自分一人だけに向けられている事実はあまりにも非日常的だ。

つまり承認欲求をがっつり満たされる。ストレスもぶっ飛んで今日も空が綺麗だった。

「貴族なお客さんシーツ貰いまーす」

「どうぞ」

生まれてこの方、たとえ客相手でも両手で数えられるほどしか行ったことのないノック。今では慣れたものだと適当な回数を叩いて、入室を促す声ににやにやと笑いながら扉を開ける。こうしたやり取りはまだ少しむず痒いが、決して嫌ではない。最初は「ノックって何回が正解⁉」とか友人に聞きに走ったりもしたが、リゼル本人による「相手に聞こえれば良いんですよ」という言葉に落ち着いた。

リゼル自身は作法的なものを完璧に修めているだろうに、他人にそれをひけらかしたり強要したりしない。できた人だな、と宿主はしみじみとしながら扉を開けた。自分だったら（友人相手のウケ狙いにすぎないが）ドヤ顔で知識マウントをとる自信がある。

「失礼しまー……泥棒《どろぼう》でも入りました？」

「迷宮品の整理中です」

「あ、そういうのですか」

目に入ったのは物の散乱した部屋。

どこから溢《あふ》れてきたのかと思うほどにさまざまな品が、床に、テーブルに、ベッドに所狭しと転がっている。足の踏み場もない部屋へ、宿主はつま先立ちになりながら何とか突入した。

「すみません、ベッドの上にも色々置いてて」

「いえ全然全く、別に今すぐじゃなくても問題ないので」

申し訳なさそうに眉尻を下げるリゼルに、宿主は即座に否定を返して部屋を見回した。

なにせ迷宮品にはトンと縁がない。冒険者が迷宮の宝箱から取ってくる、という知識しか持たなかった。非冒険者ならば大抵その程度の認識だろう。「宝箱とか本当に置いてあんのか凄い」と現実味もなく思っている者が大半だ。

「これ全部宝箱から出たんですか？」

「はい、それが迷宮品なので。何か欲しいものでもありました？」

「えっ、もしかして貰える感じなんですか」

「この辺りは、愛用してくれる人に貰ってもらったほうが良いのかなと思って」

椅子《いす》も埋まっているため、ベッドに腰かけているリゼルが苦笑する。

宿主はしゃがんで、床に並べられている迷宮品をまじまじと見下ろした。クマのぬいぐるみ、ウサギのぬいぐるみ、高級そうなティーセットにカトラリーセット。木編みの籠だったり植木鉢だったり、身近でないはずの迷宮品にもかかわらず酷《ひど》く親近感のあるラインナップだ。

「宝箱からこういうのも出るんですね。ちょっと意外です」

「よく出ますよ」

こうして宿主は間違った知識を刷り込まれる。

「品としては良いものらしいので、宿主さんも良ければどうぞ」

「マジですかラッキー。迷宮品ってなんか不思議な力とかあるんじゃなかったですっけ」

「あったりなかったりです」

物によっては金貨単位の値がつくが、宿主は知る由もなく近くの迷宮品を手に取った。

手にしたのはウサギのぬいぐるみ。リゼルが良い品だと言ったとおり、ふわふわの生地は非常に触り心地がよく、目として埋め込まれている黒い石は宝石のように輝いている。首元に縫《ぬ》いつけられたリボンには艶《つや》があり、その中央にワンポイント添えられた涙形の石などまるで本物の魔石のようだった。

「これ良いですね、小さい女の子好きそうで」

「ナハスさん呼びましょうか?」

「俺もしかして連行されそうになってます⁉　違います本気で違います友人の娘がですね、最近ぬいぐるみ好きって言ってるみたいでですね!」

「冗談ですよ」

ほのほの微笑むリゼルに、宿主は深々と息を吐きながら脱力する。

リゼルに犯罪者疑惑をかけられるのは避けたい。あの微笑みが侮蔑《ぶべつ》に変わったらと思うと気が気でない。やってもいないのに錯覚で「俺がやりました……」と自首しそうになるので本気で止めてほしい。友人相手ならば笑ってやり返せるというのにリゼル相手には到底できない。

「ぬいぐるみ、良いですよね。王都の知人にプレゼントした時も喜んでもらえました」

「へー」

宿主は一度だけ聞いたことのある、同じ宿に泊まっていたという少女へプレゼントしたのかなと頷いた。実際は王都の中心部に屋敷を構える生粋《きっすい》の貴族である中年男性宛てなのだが。

「汚れない、壊れないっていう迷宮品なので小さな子にも安心だと思います」

「そりゃおあつらえ向きですね。え、マジで何しても壊れないんですか凄い」

「目とか千切《ちぎ》ろうとしても大丈夫ですよ」

「お客さんの口からそういうの聞きたくなかった……」

宿主は打ちひしがれながらも、割と遠慮なくウサギの耳を引っ張ってみる。

可愛いもの好きの「ぬいぐるみが可哀想《かわいそう》」という感覚など持たない男だ。これで本当に千切れるのなら申し訳なさもあるが、リゼルが言うなら大丈夫なのだろうと手加減は全くない。

「あ、本当ですね。破れないし歪《ゆが》みもしないし目がつぶらだし…………罪悪感湧《わ》いてきた」

ただし豊かに育った情緒《じょうちょ》により情は湧きやすい。

「後は……あ、そこのぬいぐるみも面白い効果があるんですよ」

「これですかね。この絶妙にぶさいくな……何コレ……ネズミ……？」

「鑑定結果ではクマかイヌかネコらしいです」

「そこ鑑定してもらったんですか。むしろ鑑定でそこが曖昧になるんですか」

冒険者楽しそうだな、と宿主は謎《なぞ》の生物のぬいぐるみを鷲摑《わしづか》みにした。

あのウサギのぬいぐるみの後、この謎のぬいぐるみを追加でプレゼントされた子供は果たしてテンションを下げずにいられるのだろうか。最悪泣かれてもおかしくはない。女の子だし。宿主は幼い少女との付き合い方など何も分からないので、反応も想像できなかった。近所のクソガキ相手ならばありのままに接することができるのだが。

「それ、何かにしがみつく格好になってますよね。腕とかにしがみつかせると」

「こうですかね」

「意地でも一日ひっついてます」

「呪いのぬいぐるみじゃないですか泣かれる!!　あ、マジで外れない!!」

力の限り引っ張ろうと一ミリも動かない。

こうなると絶妙にぶさいくなのが地味に精神にダメージを与えてくる。可愛ければまだ笑い話になっただろうに、この謎の生物では会う人会う人にそっと見ないフリをされかねない。そんな優しさいらなかった。もう一歩も宿から出られない。買い物もあるのに。

「でもこれも壊れない、汚れないぬいぐるみなんですよ」

「なんですよって言われても」

「あと、宿主さんが使いそうなものだと」

「あ、これ放置なんですね。まぁ取れないなら仕方ないですしね」

宿主は丸一日ぬいぐるみと行動を共にすることへの覚悟を決めた。

「この砂時計なんてどうですか？　途中で倒そうと逆さにしようと必ず三分計れます」

「あー、料理とかに使えそうですね」

「大侵攻《だいしんこう》でも大活躍したんですよ」

「何て？」

リゼルに手渡された砂時計と清廉《せいれん》な顔をしきりに見比べる。

宿主も大侵攻という単語だけなら知っていた。迷宮から魔物が溢れて襲ってくるらしいというだけだが、完全に他人事なので特に恐怖心もない。アスタルニアでは大侵攻など遥か過去に一度のみ、実感が湧かないのも仕方がないだろう。

とはいえ魔物だらけの大侵攻に、砂時計が何の活躍をするのかと疑問には思うが。

「これ武器とかだったりするんですか？」

「いえ、砂時計です」

「活躍したんですよね？」

「はい、大活躍です」

リゼルがにこりと笑う。

「あの我慢《がまん》が嫌いなジルとイレヴンを三分、我慢させたんですから」

「えっ、じゃあ飯の催促《さいそく》してくる獣人なお客さんに使えば」

「宿主さんの命が危険です」

「何で⁉」

宿主は悲痛な叫び声を上げながら物凄《ものすご》く慎重に砂時計を手放した。

砂時計を使って死亡、なんという理不尽な死亡理由。全く理解できない。

「あ、ジルの前でも使わないでくださいね」

「命の危険があるからですよね承知しました」

「いえ、ジルは機嫌が急降下するだけで済むと思います」

「イコール俺の死では……？」

「それに、俺も怒られるので」

「この格差に文句なんて欠片《かけら》も浮かばないから凄い」

宿主は更に砂時計を自分から離れた場所に置いた。

リゼルが怒られるのを避けたいと願うならば、それは割と本気で怒られるということなのだろう。全く信じられない。自身の命の危機よりも信じがたいのだから世知辛《せちがら》い。

基本的にはリゼルの意思を尊重する彼らが、それを捻《ね》じ伏せるほどの怒りを叩きつける光景など想像もできなかった。宿主は恐怖のあまり失神する自信がある。失神という名の逃避ともいう。

「お客さんしまってそれ早くしまって」

「モノ自体は普通ですよ」

「良いからしまってください宿主さんの一生のお願い」

リゼルが可笑《おか》しそうに砂時計をポーチの中に入れるのを見守る。

気分は危険物処理だ。腕にしがみつく謎のぬいぐるみに癒やしを求めて毛並みを撫でる。

「あ、そうだ。宿主さんにぴったりなものが」

「イよし！」

「え？」

「いえ何でもないです」

無事にポーチの中に消えた砂時計に思わず拳を握り締めてしまう。不思議そうなリゼルに首を振り、改めて何か凄い迷宮品を紹介してもらえるのかと期待に胸を弾ませた。

「俺にぴったりなのってどんなんですかね」

「これです」

「正直それだと思ってました」

リゼルが手にしたのは包丁。先ほどから視界には入り続けていた。

あまりにもリゼルには不要なそれ。目の前の本人に言えば否定されそうだが、そもそもジルとイレヴンがそれをリゼルが持つことを許容していることが不思議で仕方ない。もしや内密に手に入れたのでは、と訝《いぶか》しんでしまいそうになる。

「ジルとイレヴンに許可なく使うなと言われたので。それなら宿主さんに目いっぱい使ってもらったほうが、折角の良い品だし良いのかなと思って」

疑惑はすみやかに晴らされた。

「いやー嬉しいです。良い包丁ってお高いんでなかなか手が出なくて」

「小さい剣ですしね。ジルの短剣も金貨何十枚って言ってました」

「なんか違う気がする」

とにかく性能の良い包丁が貰えるというのは純粋に嬉しい。

宿主は嬉々《きき》として包丁入りのケースへと手を伸ばした。良い品、というのだから切れ味が素晴らしいのだろうか。それとも迷宮の謎の性能が遺憾なく発揮されて、一生研ぎいらずだったりするのだろうか。それは嬉しすぎるぞと、ニヤニヤしながら包丁に映る自身の顔を見下ろした時だ。

「それ、失くしても枕元に戻ってきてくれるんですよ」

「寝起きに抜き身の包丁を見るとか呪いとしか思えないんですが⁉」

そうこう言いつつ受け取った宿主だったが、普通に切れ味の良い包丁として今後もそれを重宝することとなる。


ちなみにウサギのぬいぐるみはその後、無事に宿主の友人の娘の手に渡った。

実は金貨二枚相当のぬいぐるみは、そんなことなど知らない三歳の少女の腕の中に今日もあり、何処に行くにも一緒の一番の友達として仲良く過ごしているという。

書籍12巻　電子書籍版特典SS

密かに三人のテンションを上げた迷宮No．1

〝機械仕掛けの迷宮〟は冒険者人気の高い迷宮だ。

戦いやすい魔物がいるという訳ではない。罠《わな》が少ないという訳でもない。むしろ魔物はというと滅茶苦茶に戦いにくく、罠はというと一風変わった複雑な仕組みを擁《よう》している。リスクに見合ったリターンが約束されている訳でもなく、依頼に多く挙がる訳でも報酬が破格な訳でもない。

ならば何故人気があるのかというと、それは迷宮そのものに理由があった。

迷宮の扉を潜《くぐ》ったリゼルは、直後目に飛び込んできた光景に思わず見惚《みと》れていた。

壁一面でひしめき合う大小さまざまな歯車。緻密《ちみつ》に組み合うそれらは己が役割とばかりに絶えず回り、精密に削《けず》り出された歯を噛み合わせている。膨大《ぼうだい》な数が稼働する金、銀、木製のそれらが組み合わされる光景はある種の芸術性さえ感じてしまうほどの壮観であり、パーツごとに施《ほどこ》された細工は職人による一個の美術品として成立してもおかしくないほどであった。

更には天井を走る配管、所々に灯る熱源が剝《む》き出しの光源、歯車によって引き寄せられては逃げていく錆《さ》びついた鎖や、年季を感じさせるベルト。キリキリと何かが軋む音、ゴウンと何かの衝撃音。それら全てが、三人の心を酷く揺さぶって仕方ない。

「どうしましょう、ゴーグルとか装備したほうが」

「俺もっとごっつい装備作りゃ良かったァ」

「まぁ分かる」

つまり、ロマンを追い求める少年心を物凄く揺さぶられていた。

「噂は聞いてましたけど、これは一見の価値ありですね」

「うわ、床カンカンいう、何コレ」

「音うるせぇんだよな」

薄い鉄を打ちつけたような床は歩く度に独特の靴音をたてる。

三人が立っているのは手すりのある狭い足場。天井は低く閉塞感《へいそくかん》があり、歯車の稼働音や自身の靴音が僅《わず》かに反響する。この程度の音なら会話には不自由しないだろうが、魔物の接近は気付きにくくなりそうだ。

足場といっても高さがある訳ではない。リゼルが手すりから下を覗き込めば一メートルほどの高さだろうか。床に張り巡《めぐ》らされた配管や流れ出る排水、それらの為《ため》のスペースなのだろう。

「ジルは踏破《とうは》済みなんですよね」

「ああ」

「宝箱どういうトコにあんの？」

「割と風景に紛《まぎ》れ込んでる」

「あー、そういうの」

今回の依頼は【機械仕掛けの迷宮で手に入る歯車の入手】。

迷宮の宝箱から稀《まれ》に出る、これでもかとコレクター魂《だましい》を擽《くすぐ》る迷宮品の納品だ。

宝箱の発見さえ運次第。一つでも見つかればラッキーだと語る冒険者が多いなか、更に品を限定して探すとなれば何年かかるのか。本来ならば既に持っている冒険者が依頼を待って納品するのだが、リゼルは「自分も見てみたいな」という理由で受けている。

確実に見つかる保証もないので、今日一日で見つからなければ依頼をキャンセルすることをジルもイレヴンも了承済み。全てが運次第なら、運さえ良ければ見つかるので可能性もゼロではない。

特に、ジルとイレヴンには手に入りそうだという確信がそれなりにあった。

「リーダーが開けりゃ出る気がする」

「その系統ではあるよな」

二人は風景を楽しみながら魔法陣の上に乗ったリゼルに続きつつ呟《つぶや》く。

「奥行くのか」

「そっちのほうがレアな歯車が出るかな、と」

「お、流石のサービス精神」

「折角なら質が良いものを狙いたいので」

「まぁ何処でも出んだろ」

「なら深層の初めのほうにしましょうか」

ジルやイレヴンにしても、戦うならば戦い甲斐のある魔物が良い。

三人が上に立った魔法陣は、まるで描かれた線に水が通っていくように光を強める。こういう演出も地味に迷宮ごとに違うので、それを見るのもリゼルの密かな楽しみであった。

そして一瞬の浮遊感。靴底に床が戻ってきた感覚と共にガラリと風景が変わる。

「おー、広ッ」

「目がチカチカしますね」

閉塞感のある通路から、超巨大工房を思わせる空間へ。

上に下に張り巡らされた足場は変わらないが、壁一面に、あるいは足場と交差しながら空間内を埋め尽くす機構は今までと桁違《けたちが》いだった。大きさにより回る速度も違う歯車が無数に敷き詰められた光景は、じっと見つめていると目が眩《くら》みそうになる。

「行くぞ」

「これ、どれが罠なのか分かりませんね」

「剣とか挟んだら折れそ、っう」

ふいに真横の配管から吐き出された蒸気、それをイレヴンがリゼルを前に押し出しながらまともに浴びた。一瞬だが真っ白に染まる視界に、彼はそれを鬱陶《うっとう》しそうに手で散らしながら数歩で突っ切る。

「イレヴン、大丈夫ですか？」

「だいじょぶ。けどリーダーは気ィつけて」

「何か混ざってました？」

「何だろ、ちょい麻痺《まひ》?」

逃がされたならそうなのだろうと気遣うように問いかけたリゼルに、イレヴンは二股《ふたまた》の舌で唇をなぞりながら平然と告げた。並大抵の毒なら物ともしない彼は、たとえ毒沼を擁する迷宮だろうと一人ピンピンしている。

だがここは迷宮、普通の毒以外にも〝謎の効果を持つ何か〟がある。

曖昧だがこう言うしかない。冒険者ならば分かる。具体的に言うと、キノコを踏んだらツノが生えたり、扉を潜ったら服が変わったりする。何がどうなってそうなるのか分からない現象が割と頻《ひん》繁《ぱん》にあるので、冒険者はすべてを受け入れるしかない。

そういった可能性もあるのに庇《かば》ってくれたイレヴンに、リゼルは礼を告げながら彼の頬《ほお》の鱗《うろこ》を撫でた。機嫌《きげん》が良さそうに唇を歪めてすり寄ってくる姿に、本当に何の問題もなさそうだと微笑んで手を離す。

「なら気をつけて進みましょう。影響を受けるのは俺だけかもしれませんけど」

「だから俺を外すなよ」

「つかニィサン何で教えといてくんねぇの?」

「変なもん混ざってるとは思わねぇだろ」

「前に来た時は浴びなかったんですか?」

「浴びた」

「それで何ともなかったんですね」

「じゃあ外して良いんじゃん」

人外《じんがい》め、とにやにや笑うイレヴンにジルは嫌そうに顔を顰《しか》めた。

浴びた煙にたまたま何も混ざっていなかっただけかもしれないというのに心外だと、そう言いたげな態度にリゼルも可笑しそうに笑う。リゼルにしてみれば羨《うらや》ましい限りなのだが。

「体が丈夫なのは良いことですよ」

「言い方がなァ……」

三人は仕切り直すように歩き出した。

間違ってはいないけど、と褒められたジルでさえ何とも言えない目を向けてくるがリゼルは気にしない。カン、カン、と足音の反響する足場から手を伸ばし、手の届く範囲にある錆びついた鎖に触れてみたりしている。

「〝草原遺跡〟の一階層を見通し悪くした感じでしょうか」

「あー、ぽいぽい」

「ジル、道覚えてますか？」

「覚えてねぇ」

広大な空間を階段が埋め尽くしていた迷宮の一階層。

縦横無尽《じゅうおうむじん》に交差する通路は、少しばかり懐かしい迷宮を彷彿《ほうふつ》とさせた。とはいえ見通しが悪い時点で攻略法も変わってくるし、罠や魔物も全く違うので完全に別物なのだが。

ちなみにジルは迷宮を攻略する際、大抵が手あたり次第に道を進んでいく。とにかく最深層にたどり着けば良いとばかりに遊びはなく、更に魔物に苦戦しないという一点のみで破格の攻略ペースを誇っていた。

「地図とかねぇの？」

「少なくとも俺は見てねぇな」

「歯車でも辿《たど》ってみましょうか」

三人は雑談を交わしながらも宝箱探しを開始した。

所々で外れた歯車が行く手を塞《ふさ》いだり、ドール系やパペット系の魔物に襲われながらも先へ進む。時折リゼルが立ち止まってじっと歯車を眺《なが》めるのを、ジル達も何も言わずに足を止めて待った。ただ攻略するだけならともかく、意表を突いたとしか思えない場所に置かれがちな宝箱を探すならばリゼルに従うのが最善だ。

「あそこに直線が入って、向きがこう……回転、減速を挟んで、ベルトがあっちに……」

ジルは機構を見上げながら歩くリゼルの腕を掴み、足元の罠を回避させる。

抵抗なくそれに従うリゼルは慣れきっていて、よくもまぁ他人に自分の体をこれほど預けられるものだと感心してしまうほどだ。少しばかり楽しそうなリゼルの姿を眺めながらジルは溜息《ためいき》をつき、イレヴンは酷く愉快《ゆかい》げに笑った。

恐らく無意識なのだろうが、それでも自分たちが相手だからだと二人は知っている。ならば何かを言う必要もないだろうと結論づける彼らは、悪癖《あくへき》ともとれるリゼルのそれを治す気など更々なかった。なにせ、リゼル一人で迷宮に潜らせる気もないのだから。

「あ」

狭い足場を右に曲がり左に曲がり、階段や梯子を上って下りて辿り着いたのは四角い足場。その正面にある機構にリゼルは嬉しそうに二人を振り返った。

「見てください、ほら」

「何がだよ」

「見てる見てる。このでっけぇ丸？　なんか違ぇの？」

目の前には壁に底を張りつけたような巨大な銀の器。そこに敷き詰められた多種多様な部品。

確かに今まで見てきたものとは違う気もするが、何が違うのかはジルたちには分からない。

リゼルはぱちりと目を瞬《またた》かせる。二人とも見たことがあるだろうに、と言いたげな顔だ。

「これ、時計ですよ。針も文字盤《もじばん》もないですけど」

「持ってねぇよ」

「俺も。へー、時計の中ってこうなってんだ」

「魔鉱国《カヴァーナ》で見たじゃないですか」

「あー……」

「あったっけ。デザインは覚えてっけど」

カヴァーナで立ち寄った時計店だが、そもそも時計自体が日常に馴染《なじ》みのない品だ。

数多《あまた》の職人が集まる魔鉱国、その中でも並外れた技術者がその技術の神髄《しんずい》を注ぎ込んだもの。それこそが時計だった。手に取るのは大商人か王族貴族で、それも装飾品として求められることが多かった。それを土産《みやげ》としてチョイスしたリゼルもリゼルだが、嬉しそうに受け取った王都の年下たちも年下たちだろう。

実際、ジルも物珍しさから店内でそれを眺めていたためにギリギリ覚えがある程度。商品とは別に、店には確かに分解された時計が飾られていた。当然見覚えがあるだろう、という顔をされる謂《いわ》れはないが。

「これ動かすのか」

「動かせそうなので」

「それ絶対宝箱あんじゃん」

金のテンプ、銀のアンクル、その他部品、それらはシンとして重厚な色を見せるのみ。

迷宮の隠し部屋などは偶然見つかるものではなく、こういった切っ掛けに気付いて試行錯誤《しこうさくご》することで初めて発見できる。先へ続く道か、宝箱か、はたまたいつかの地底竜のような強敵か。動かせるようになっているなら動かして何もないということはないだろう。何故なら、空気を読むことに定評がある迷宮なので。

「どうすりゃ動くんだよ」

「あの鎖を引くとそこの稼働が止まるので、そこから落ちた魔石をあそこに嵌め込んで、魔力を受けた受け軸が回ったところを」

ジルたちは果たしてこれを他の冒険者が気付けるのかと、片や呆《あき》れ、片や笑う。まず時計の実物を見たことがある者がいるかも定かではない。更にはその中身についてなど言うまでもなく、ならば機構を理解して稼働されられる者がどれほど存在するのかどうか。

とはいえ如何《いか》にも何かありげな光景ではあるので、偶然ここにたどり着き、手あたり次第に仕掛けを動かしてラッキーで、というのも可能性としてはあり得るが。冒険者の運が試される。

「最後にそこのレバーを……聞いてますか、ジル、イレヴン？」

「まずそこの鎖」

「で、何だっけ。魔石？」

やばい、とジルとイレヴンはリゼルの説明を思い出しながら動き出す。

そして三人は見事に巨大時計を動かすことに成功し、動いた足場に導かれるままに宝箱を発見することができたのだった。


見つけた宝箱は絡繰《からく》り箱になっており、目当ての歯車の他、リゼルがネジを巻いたり金具をずらしたりして箱の底に隠されたスペースを発見。そこに鎮座《ちんざ》していた銃は、そのまま三人の玩具《おもちゃ》にされた。

「あ、こっちの銃ですね。初めて見ました」

「俺撃ちたーい」

「肩、気をつけてくださいね。それにしても弾が魔力じゃないって不思議です」

「俺からしちゃお前のが不思議だけどな」

「バーンッ…………痛って、肩外れた」

「俺を狙うなよ」

「イレヴン、大丈夫ですか？」

嫌そうに顔を顰めたイレヴンが外れた肩を自ら嵌める。

乱暴だが手慣れたそれを見て、心配そうにリゼルが回復薬を差し出した。それですぐに機嫌を直すイレヴンに、捻《ひね》くれている癖に単純なことだとジルは呆れたように溜息をつく。そして、放り捨てられた銃を拾った。

残弾数など全く分からない。一発目が出るかどうかも運次第。しかも撃てば鍛えている冒険者だろうと肩を外すというのだから、武器としては全く以て使えない部類だ。よくまぁ普段使いしているなと、何となしに虚空に向けて引き金を引き絞る。案の定、二発目は空撃ちに終わった。

完全に置物と化した銃は、歯車と一緒に依頼人へと贈られ、戸惑われながらもそこそこ喜ばれたそうだ。

書籍13巻　TOブックスオンラインストア特典SS

迷宮散歩に出かけましょう

それは、リゼルがレイの屋敷を訪れていた時のことだった。

その日も例に漏れず、応接室でレイによる新しい迷宮品自慢を受けていた。

底に少しずつ水晶が育つガラスの水瓶《みずがめ》。月の満ち欠けによって明るさを変えるランプ。覗くと雲の影響なく星を眺められるレンズや、履《は》くと必ず十歩目でランダムな動物の鳴き声を出すスタイリッシュな革靴など。リゼルも手に入れたことがない、なかなか個性的な品ばかりだ。

置いておくだけなら気品すら感じるので、コレクションとして飾るだけでも充分に目を楽しませる。流石は迷宮コレクター（仮）。見えない場所にしまい込むのも惜しいのだろう、傍目《はため》には屋敷の雰囲気を壊さない品ばかりだった。

「これは依頼を出して？」

「いや、馴染みの店があってね。好きそうだと店主が持ってきたんだが」

レイは、時に入手までの苦労話を満更でもなさそうに語り。

「こっちは珍しいですね」

「そうだろう？　私も見た時は驚いた。それに使い方も変わっていて」

時に実物を手にここがこうでああでと存分に迷宮品を誇り。

「子爵は履いてみましたか？」

「勿論だとも！　私は十歩目で馬の嘶《いなな》きがしてね。今度シャドウにでも贈ろうかと」

時に品の扱いをああしたほうが良いかこうしたほうが良いかと試行錯誤する。

つまり一から十までコレクタートーク。聞かされているほうは興味がなければ苦痛でしかないだろうが、幸いなことにリゼルは非常に興味深く話を聞けるタイプだ。枠に囚われない迷宮品は面白いし、自分以外にも冒険者らしさの欠片もない品を出す冒険者がいるんだなと心穏やかになる。

レイが存分に語りつくせるよう、適度に相槌《あいづち》を打ちながらコレクションに目を通していた。

「さて、最後にこれだ」

「香炉《こうろ》、ですか？」

「そうだよ。といっても、主役は香のほうらしい」

ティータイムもとうに過ぎた頃、レイが取り出したのは一つの香炉だった。

小さいものの目を惹《ひ》く香炉だ。丸みを帯びた陶器の器は、貝殻をガラスで包んだかのように艶めいている。金属の蓋《ふた》には花の装飾だろうか、それらが煙を通す隙間を空けるように並べられていた。

そして同じく猫脚の台座。少しばかりエスニックなデザインの香炉だった。

「綺麗な香炉ですね」

「だろう？　このまま飾って眺めていたいものだが」

ふと言葉を切ったレイに、リゼルはどうしたのだろうと顔を上げた。

目の前に座るレイは指を組んだ手を顎に当て、すぐその両手をパッと広げてみせる。何てことない、けれど伝えたいことがあるのだという仕草。まるで舞台上の演者のような仕草であっても、華やかな空気を纏《まと》う彼がすれば酷く似合ってしまう。

「リゼル殿に贈ろう」

リゼルは一度だけ目を瞬かせた。

「良いんですか？」

「良いとも。私が使っても良いが、その効果には縁がなくてね」

「効果、というと」

「その香を焚《た》きながら寝ると、夢の中で迷宮見学ができるようだ。ただし本人が行ったことのある迷宮に限るし、攻略したことのある範囲に限るらしいが……どうかな、なかなかに君好みだろう？」

迷宮に入ったことのない者にはただの香でしかない。

リゼルは納得しながら、膝の上で手を組み直すレイを見た。さほど残念そうに見えないのは当たり前か。そもそもコレクターを自称するだけあって、彼はなかなかに強欲な部分がある。惜しむならば手放さないはずだし、何ならリゼルに泊まっていかないかと愉快げに提案してみせるだろう。

「子爵は迷宮に興味がないんですね」

「そうだね。行ってみたいと思ったことはないな」

あっさりと告げたレイに、リゼルも特に疑問に思うでもなく頷いた。

冒険者でもなければ、わざわざ魔物が溢れる迷宮に行こうなどと考えない。レイも迷宮品に対する興味は美術品へのそれなので、現地で手に入れるこだわりもないのだろう。迷宮のことはプロである冒険者に任せるに限る、ということだ。

「さて、君はどんな夢を見るのかな」

「自分では選べないんですね」

「普段から望む夢を見られるのなら可能かもしれないね」

肩を竦《すく》めたレイに、無理そうだとリゼルは納得して香炉を手に取った。


ジャッジは驚きに瞬きを忘れて立ち尽くしていた。

「ジャッジ君、今日は一緒に寝ませんか?」

「あ、はい、ぜひ……」

日もすっかり落ちたころ。そろそろ店を閉めようかと〝OPEN〟の札を返そうとした時だ。扉を開ければ目の前にリゼルとスタッドが立っていた。ちょうど良かったとばかりにかけられた言葉に、無意識ながらも頷いたのは我ながら素晴らしい快挙だろう。

ジャッジは混乱しながらも、リゼルたちを招き入れて扉を閉める。直後に札をひっくり返すのを忘れたのを思い出した。慌てて外へと戻り、戸締まりまですっかりと済ませる。

「急にお邪魔してすみません」

「いえ、それは全然……っ」

「早くベッドを出してくれませんか愚図《ぐず》」

「え、もう寝るの……じゃなくて、えっと」

「お夕飯、ジャッジ君もまだですよね。何処かに食べに行きますか？」

「あ、もし良ければ、僕が」

気付けばジャッジは台所に立って鍋を掻き回していた（ちなみに手伝いを申し出たリゼルには丁重に遠慮してもらったので、今はスタッドと一緒に和やかに食事を待っているだろう）。

何故、とようやく疑問が頭をよぎる。泊まってくれるのは良いのだ。嬉しい。店の特性上、ベッドなど増やそうと思えば幾らでも増やせる。自室の机を引っ込めて、アレやコレを隅《すみ》に寄せればベッド三つくらいはギリギリ並べられるだろう。あとはシーツなんかを用意して、毛布も少し余分にあったほうが良いかもしれない。水差しとグラスと、あとは。

「（じゃなくて……っ）」

ふと我に返って思考を中断する。

気になるのはリゼルの意図だ。もしかしたら宿に戻りづらい理由があるのかもしれない。ジルと喧嘩《けんか》してしまったのか。それともイレヴンに部屋を乗っ取られたのか。リゼルが路頭《ろとう》に迷うことがあってはならない、と気合を入れて完成したシチューを器に盛りつけていく。

「お待たせしました！」

「美味しそうですね。焼きたてパンとシチューの匂いって何だか落ち着きます」

「私は食欲が増します」

「あ、おかわりあるよ」

三人揃って席について、スプーンを手に食事を開始する。

美味しい、熱い、そんな感想を嬉しく思いながらもジャッジは勢いづけるように問いかけた。

「あの、リゼルさん、お泊まりっていうのは」

「あ、そうでした。これを貰ったのでジャッジ君に見せたくて」

ジャッジはリゼルが取り出した香炉をまじまじと眺める。

迷宮品。器に価値あり銀貨二十枚。蓋が開けられる。中に香。微かに香る。これは。

「夢に作用する迷宮品、ですか？」

「流石ですね。夢の中で迷宮見学できる香、みたいです」

詳しく鑑定した訳ではないので詳細までは分からなかったが、褒めるように緩められた目元に照れくさくなって相好《そうごう》を崩す。だが直後に「追加で」とスタッドに空になった器を渡されたので余韻《よいん》に浸る暇はなかった。何故このタイミングで、と思わずにはいられない。

「ジャッジ君、前に手紙で言ってたでしょう？」

「え？」

「迷宮の中は絵画でしか見たことない、って」

最初と同じくたっぷり盛ったシチューを渡しながら、ジャッジは目を見開いてリゼルを見た。確かに書いた覚えがある。『魔物が見る迷宮内風景』という迷宮本の画集を鑑定して、冒険者はこんな場所を歩いているのだと酷く感動したものだから、それを伝えたくて。

「一緒に見に行きましょう」

「っい、行きます！」

嬉しさのあまり声が裏返るも、それすらも些細《ささい》な問題で。

「折角なのでスタッド君も誘ってみました」

「誘っていただき有難うございます」

「職員って、迷宮は行かないんだっけ」

「大侵攻対策で定期的に扉を潜るくらいです」

「じゃあ入ってすぐ出てるんだ……」

「なるべく一から攻略した迷宮が出てくれれば良いんですけど」

ジャッジは浮ついた気分をそのままに、和気藹々《わきあいあい》と三人での夕食の時間を堪能した。


目的を思えば、就寝が早まるのも仕方がないというものだろう。

三人は早々に寝支度を済ませ、それぞれのベッドに入った。いくらある程度間取りを動かせるとはいえ、敷地は限られているので部屋自体の大きさは大して変えられない。三つのベッドはぴたりとくっつき、辛うじて端にサイドテーブルが置かれていた。

水差しとグラスの用意をされたサイドテーブルの上では既に香が焚かれている。ゆっくりと立ち上る煙は、じっと見ているとそれだけで眠くなってしまいそうだった。一人を除き。

「全く眠気が来ません」

「スタッド君、いつも決まった時間に寝てるって言ってましたしね」

「来て早々、ベッド出せって言ってたのに……」

スタッドが綺麗な姿勢で横たわりながら冴えた目で天井を凝視《ぎょうし》している。

一人だけ寝るのが遅かったりしたら仲間外れになるのだろうか。それとも三人が寝たタイミングで夢を見せてくれるのだろうか。迷宮品ゆえに全く効果が読めないので、なるべく三人揃って早めに眠りにつきたいところだが。

「眠くないですか?」

「はい」

真ん中のベッドに横たわるリゼルが、スタッドのほうを向くように寝返りをうった。

スタッドは少し近付いた距離にそちらを見ようとするも、伸ばされた手に両目を覆《おお》われてしまう。暗くなった視界の中に、月明かりの余韻が白く煌めいていた。温かな掌《てのひら》の温度も心地良く、逆らわずに瞼を伏せる。少しだけ肩の力が抜けた気がして、聞こえるリゼルとジャッジの囁《ささや》き声に耳を澄ませる。

「魔物とか出るんでしょうか……」

「いえ、出ないみたいですよ。本当に迷宮の散歩だけですね」

「あ、良かった。ジルさんとかイレヴンには、ちょっと物足りないですよね」

「そうかもしれません」

潜められた笑い声。

両目を覆う掌が額を撫でて頬へと滑っていく。離れていく指先が、爪の先の感触まで伝わってきた。目で追おうかとも思ったが、完全に指先が離れた時には、意識して閉じていた瞼が自然と下りたままになっていた。スタッドはそのまま目を閉じたままにして、そして。

「……あ、寝た」

「健やかな寝顔ですね」

「寝ても真顔なの凄いなぁ」

リゼルとジャッジも微笑み合い、もそもそと毛布に潜りこんで目を閉じる。


その晩、三人は同じ夢を見た。

三人で迷宮を歩く夢。鮮やかな色合いの迷宮はまるで玩具箱のよう。階層ごとにさまざまな制限が課されるものの、魔物も危険もなければ楽しい散歩のスパイスだ。ジャッジは目を輝かせてしきりに周りを見渡し、スタッドは淡々としながらも口数が増え、リゼルはこんなこともあったと懐かしみながら堪能する。

夢だが、夢のようだと言うしかない。ジャッジたちは楽しいばかりの時間を過ごした。

過ごしたのだが。

「〝大型小動物〟って言われた……」

「〝話が早い氷〟よりマシでは」

「〝冒険者もどき〟からなかなか進化しませんね」

起きてからの第一声が、迷宮につけられた仮名というのがインパクトの強さを物語っていた。

書籍13巻　電子書籍版特典SS

王都の夜の過ごし方

ジルの晩酌《ばんしゃく》にリゼルが交ざるのは何となくの流れだ。

夜に話している最中にジルが酒を出してそのまま。あるいは「何も食べずに飲むんじゃないよ」と女将《おかみ》にツマミを押しつけられる姿を見て、晩酌という響きがお気に入りのリゼルがお邪魔することもある。一人飲みに飽きたジルからひと声かかることもあれば、飲めない癖にリゼルから声をかけることもある。

今回の切っ掛けはツマミであった。

特に飲む予定はなかったジルだが、女将に「旦那のツマミに作ったやつなら残ってるよ」と声をかけられ予定変更。ならば飲むか、とシャワーを浴びてラフな格好をしたまま食堂を訪れ、女将たちも寝静まった静寂のキッチンで保冷庫を漁っているところをリゼルが発見。何をしているのかと後ろから覗き込んだリゼルに、ジルが「ん」と見せたのは美味しそうなチョコレートとチーズの盛り合わせだった。

「チョコレート、食べてあげましょうか」

「チーズは食ってやるよ」

両者ともに食べ物に釣られたともいう。

会話の内容はその時々による。

翌日に冒険者ギルドを訪れる予定があれば、どういった傾向の依頼を受けたいのか。大抵が依頼ボードを見てから、最も興味を惹かれたものを選ぶリゼルたちだが、そうでなければ何系を受けたいのかという気分のすり合わせだ。戦闘系、採取系、お手伝い系、よく分からないインパクト重視系。雑談ついでの緩んだ空気で何となく決めておいても、当日になって全く関係のない依頼を受けることも多い。

「君は迷宮が良いですか？」

「別に。今日も行ったし」

「最近ちょっと迷宮続きなので、なにか変わったの受けてみましょうか」

「迷宮でも変わり種ばっか引いてんだろ」

ジルは嫌そうに顔を顰め、無造作に手に取ったボトルのコルクに手をかけた。

一度、二度と捻るように引き抜くのもリゼルには見慣れた光景だ。リゼル自身、酒は飲まないもののの料理と共にサーブされるのを見る機会はある。コルク抜きという存在も知っている。なので、目の前の光景は一般的なものではないと理解はできていた。

しかし、道具というものは不便を解消するために存在する。不便がなければ使う必要などないのだ。イレヴンもコルク抜きを探すのが面倒な時は、ナイフで瓶の口を綺麗に切り落としていた。卓越した技術は応用が利くなと、リゼルはいつも感心している。

「狼《おおかみ》になったりですか？」

「お前なんて兎《うさぎ》だろ」

「迷宮なんだしランダムですよ。運が悪かったです」

「運が良いと何になんだよ」

「俺ですか？　そうですね、迷宮攻略の役に立てるような……鳥とかでしょうか」

リゼルは鷹《たか》や鷲《わし》になった己を想像して満足げに微笑んだ。ジルの狼とも合いそうだ。

ジルは小鳥になったリゼルを想像して怪訝《けげん》な顔をする。サイズ感が兎に引きずられていた。

「役に立てんのか」

「偵察とか攪乱《かくらん》とかできそうじゃないですか」

「ああ……まぁ飛ぶくらいならな」

「イレヴンの腕にこう、乗せてもらったりすると見栄えもしそうだし」

「腕よか肩なんじゃねぇの」

「バランスとりにくそうじゃないですか？」

リゼルは持ち上げたイレヴンの腕に凛々《りり》しく止まる鷹の自分を想像して頷いた。

ジルはイレヴンの肩の上でちょろついている小鳥のリゼルを想像して納得した。

ここにジャッジがいれば「僕は、梟《ふくろう》とか似合うと思います」と照れたように告げて、それとなく両者のイメージの中間をとれそうな気もするが残念ながら彼はいない。恐らく今頃は、翌日の納品予定でも思いを馳《は》せながら早めの就寝についているだろう。

「イレヴンが動物になるなら何になるんでしょうね」

「蛇《へび》だろ」

「猫《ねこ》とかも似合いそうです」

「そう思えんのお前だけだぞ」

ジャッジがいないので互いの勘違いは正されないまま会話は流れた。

「それにしても」

ふとリゼルが頬を綻《ほころ》ばせる。

その手元には泡の立つグラスが一つ。女将の作り置きのレモンの蜂蜜《はちみつ》漬けを炭酸水で割ったレモンスカッシュだ。保冷庫の中のものは好きに使って良いと言われている。甘さは控えめで氷はたっぷり。簡単なのでリゼルでも作れるが、割り具合にはジルの助言が入った。

「少年のジル、見たかったです」

「まだ言ってんのか……」

炭酸水に馴染みが薄く、少しずつ飲んでいるリゼルをジルが呆れたように眺める。

例の獣人贔屓《じゅうじんびいき》の迷宮で、最終的に子供になっていたとリゼルたちが聞いたのはレイの屋敷でのこと。兎や狼になっていた時の記憶はぼんやりとあるのに、何故子供になっていた時の記憶は残してくれないのか。迷宮だから仕方ないが、リゼルにしてみれば惜しいことをしたと思わずにはいられないし、ジルにとっては近年まれに見る迷宮のファインプレーだった。

「見たことはあんだろ」

「ありますけど、喋ったりできなかったですし」

「何を喋りてぇことがあんだよ」

「色々ありますよ」

ジルが言うのは〝懐古《かいこ》の館《やかた》〟、過去の光景が目の前に映し出される迷宮でのこと。

二人がイレヴンから聞いたジルの年頃は、確かにそこで映し出された姿と同じくらいだろうか。

ジルがオルドルとの手合わせで勝利を収めた年頃だったという。

「折角のヤンチャ時代ですし」

「お前の陛下ほどヤンチャじゃねぇ」

「イレヴンと喧嘩したんでしょう?」

「あいつと相性良い子供なんざいねぇだろ」

濡《ぬ》れ衣《ぎぬ》だ、とばかりにジルは手元のグラスを回した。

彼は同時に、イレヴンが愛でに愛でていた幼いリゼルの姿を思い出す。だがあれは例外だろう。本人も口にしていたが、子供だからというよりはリゼルが相手であるからこその好意だ。たとえどれほど大人しく聞き分けの良い子供だろうが、それがリゼルでなければイレヴンは何の興味も示さない。

「ヤンチャじゃないならどんな子供だったんですか?」

「普通だろ」

「例えば?」

「あー……」

記憶を絞り出すようにジルは頭を下げた。

話に聞くかぎりの年齢だと、故郷から侯爵家に引き取られた頃。侯爵家に入ってからは剣を振っていた記憶しかないので、話して聞かせるとすればそれ以前の話だろう。大して面白みもない話しかないが、リゼルを窺《うかが》えばゆったりと微笑んで話の続きを待っている。

確かに、ジルの普通がリゼルの普通とは限らない。聞きたいのなら何でも良いかと、ジルは断片的に思い出せる故郷の記憶を掘り起こした。まだ狭い世界に生きていた頃だ、描ける顔ぶれも多くはないが。

「爺さんの煙管《きせる》勝手に吸ったり」

「ヤンチャじゃないですか」

「判定きつすぎんだろ」

やっぱり、とばかりのリゼルをジルは鼻で笑う。

特にヤンチャ自慢として語ったつもりもなく、思い出話の触《さわ》りとしてあり触れた日常を語っただけだ。にもかかわらずヤンチャ判定を出すリゼルの子供時代は優等生中の優等生なのだろう。

「ジルの煙草《たばこ》好きはお爺様の影響なんですね」

「まぁ馴染みはすんだろ」

「確かに。俺は周りに吸う人がいなかったので」

「お前の父親、吸わねぇのか」

「見たことないです。伯父《おじ》は嗜《たしな》むんですけど」

ちなみにリゼルの従兄弟は嗜んでいる。リゼル自身はその瞬間を目にしたことはないが。

生真面目な彼の程よい息抜きになっていれば良いのだが。そんなことを考えるリゼルの前で、ジルが残り少ないグラスの中身を飲み干した。空になったグラスの中で濡れた氷が揺れている。その艶めきが室内のランプの灯りを反射した。

「同じで良いですか？」

「ん」

リゼルがボトルに触れれば、少しばかり気の抜けた顔でグラスが差し出された。

傍目からは分からないだろう微かな変化。ガラの悪さは変わらぬものの、リラックスしているのは伝わってくる。わずかばかり和らいだ眼光にリゼルは笑みを零し、ボトルを持ち上げてグラスへと傾ける。満ちていく酒に氷同士がぶつかって音を立てた。

「慣れたもんだな」

「ご指導の賜物《たまもの》です」

「何もしてねぇよ」

「入れすぎ、とか言うじゃないですか」

戯れるように会話を交わし、二人はようやく女将一押しのツマミに手を伸ばした。

ジルはチーズに、リゼルはチョコレートに。何処かで買ったものなのか、それとも貰ったものなのか。あまり宿では出ない味は、本来の持ち主である宿の亭主の晩酌を非常に有意義なものにしただろうと思わせる。どちらも風味が強く、酒によく合う味だった。

「後は？」

「あ？」

「ヤンチャ時代の話」

悪戯《いたずら》っぽく目を細めたリゼルに、ジルはグラスを唇に触れさせながら視線を流した。

後は。何の変哲もない日常にピックアップすべき点は見当たらない。祖父は村長として模範的であった。母親は領主の家に奉公に出ていたが、その辺りはむしろリゼルのほうが詳しいだろう。近所の子供らと山を駆けた、のはリゼル判定でヤンチャになるだろうか。

「山ん中で獣除けにされてた」

「え？」

「何でもねぇ」

流石に言い方が違った、事実だが。そうジルは難しい顔で口を噤《つぐ》む。

故郷の村はとある山の麓《ふもと》にあったが、そこには狼が出るから入るなと大人たちによく言い聞かされていた。だが大人の駄目を平気で無視する子供は、古今東西どこにでもいるもので。その例に漏れず、ジルも当時つるんでいた近所の悪ガキに引っ張られるように山に入っていたものだ。この時から既に、犬系の動物には割と怯《おび》えられがちだった。

「山ん中走り回ってたな」

「山に何かあったんですか？」

「暇潰すだけなら何でもあんだろ」

ジルの適当な返答にも、リゼルは酷く含蓄《がんちく》のある文言《もんごん》を聞いたかのように感心した。

リゼルにとって、外遊びはあまり縁がない。これは貴族がどうとかではなく、ただリゼルがインドア派だっただけだ。勿論そうでなくとも山遊びはできなかっただろうが、羨んだことも妬《ねた》んだこともないので純粋に異文化交流している気分になっている。

「陛下も時々、『山に行く』ってふらりといなくなるんですよね」

「何しに」

「本人曰《いわ》く、精神統一らしいですけど」

「嘘臭《くせ》ぇ」

吐息に笑みを混ぜるジルに、リゼルも可笑しそうに破顔《はがん》した。

「そこはほら、俺にも言いたくないことはあるでしょうし」

「教師はお目こぼしって？」

「プライベートなので」

「そこらで悪さしてたらどうすんだよ」

「そうですね……」

リゼルは飲み物で冷えた口元に触れながら思案する。

悪さ。今ではすっかり落ち着いた、とリゼルのみ思っている元教え子だが、流石は元ヤン国王の通称を持つだけはあるもので。過去にはそれはもうヤンチャをしていた時代があった。

幼い頃は、市井《しせい》に紛れるなど可愛いもの。遠い他国の情勢にやけに詳しいと思ったら、いつのまにかその国の皇太子と肩を組めるほどの友人となっていた。何となく訳ありだろうと当たりはつけていたようだが、互いに互いの身分を知らなかったというのだから出会い方はお察し。ただただ似た者同士なのだろう。

あちらはまだ王位を継いではいないが、今では強固な友好国として国交を結んでいる。

「悪さしても、それ以上の利益を手土産にしてくれるので良いかな、と」

「似た者師弟すぎんだろ」

「そうですか？」

「褒めてねぇよ」

嬉しそうに目元を緩めたリゼルに、ジルは溜息をつきながら頬杖をついた。

「もっと普通の話ねぇの」

「普通？」

「ガキのヤンチャに収まる話」

「今のも一応、子供の悪戯が発端なんですけど……」

リゼルは苦笑し、思案するようにジルのグラスを眺める。

「あ、ペットを飼いたいって生き物を拾ってきたことがあって」

「報告するだけお前よか優等生だな」

「でしょう？」

親に内緒で飼い始めたのがリゼルだ。

それを知っているからこそ、ジルは揶揄《からか》うようにグラスごしに目を細める。

「これくらいの、小さなトカゲみたいな生き物なんですけど」

「ああ」

「トカゲにしてはのっぺりしてて、ご高名な学者に聞いても詳細が分からなかったんです」

「飼うなそんなもん」

リゼルの元教え子は、その生き物をどこぞの水辺で見つけたという。

学者曰く、イモリの仲間だろうが詳細は不明。けれど元教え子はそのフォルムに惹かれに惹かれたのか、「飼う」しか言わなくなったのだから譲る気がないのは火を見るより明らか。結果、捕獲した場所と照らし合わせて飼い方や餌《えさ》などを学者と検証し、ガラスケースで甲斐甲斐しく世話をし始めた。

「最初の頃は毎日水辺に行って、せっせと虫を捕まえてきてましたよ」

「気軽に転移しすぎだろ」

「今では魚やカニを食べるので、川にかご網？　を置いてるみたいです。色々な人に聞きながら頑張って編んでたので、よく獲れるって上機嫌に話しているのを見ると微笑ましくて」

「国王にかご網編ませんなよ」

「そのペットも今ではすっかり大きくなって、陛下がテラスにある浴室をまるっとあげちゃって」

ジルはチーズに伸ばしかけていた手を止める。

「……そんなでけぇのか」

「子供の身長くらいでしょうか」

優に一メートルを超えている。

餌が良いのか何なのか。更にのっぺりさを増しながら大きくなった生き物を、飼い主である元教え子は誇らしげに世話しているし、城の人間も「まぁ凶暴さは欠片もないしな……」と危険視はしていなかった。だが、そんな巨大な謎の生物にも転機が訪れる。

意外なところからその正体が判明したのだ。

「ほら、鬼人《おにびと》のいる東の国の話、覚えてますか？」

「ああ」

「そこの方が教えてくれたんですけど、〝オオサンショウウオ〟っていう生き物らしくて」

ジルはオオサンショウウオを知らない。姿以前に名前すら初めて聞いた。

けれど、ひと言だけ言いたいことがある。

「お前ら二人はもっとまともなもん飼え」

「あ、失礼な」

ペットを非難されるのは許しがたいと珍しく眉を寄せるリゼルだが、ジルはどちらかといわずとも飼い主のほうを非難している。向けられる不満げな視線には、そんな筋合いはないと鼻で笑ってやった。


こうして二人の晩酌は、なんてことない話をしながら過ぎていく。

書籍14巻　TOブックスオンラインストア特典SS

ジルのいない二人の一日

視界を埋めるのは無数の鏡と、同じ数の自分自身。

少しでも動けば、数多の自分も右へ左へと動き出す。磨かれた鏡は曇《くも》りひとつなく、景色をそのまま映し出しては無限に広がる空間を造り出す。けれど実際は、手探りで進まなければすぐに鏡にぶつかってしまいそうな狭い一本道だった。

リゼルは慎重に歩を進めながら、斜め前を歩いている横顔へと声をかける。

「わき道を見逃さないようにしましょうね、イレヴン」

「リーダーそれ鏡」

斜め後ろから肩をつつかれ、これは難しい迷宮だぞと感心しつつも気を引き締めた。


リゼルが朝起きた時、既にジルがいないことはザラにある。

そういう時にイレヴンが依頼を受けたい気分になれば、宿に誘いに来てくれるのでリゼルも快く申し出を受けていた。そうして二人で依頼を受けることも決して珍しくはない。依頼はお使いから戦闘、採取まで多種多様。誰かがいないからと選択肢を絞るジルやイレヴンでもなく、リゼルも一人迷宮だけは避けるものの二人のどちらかと一緒ならば好きに選ぶ。

よって今日も、ギルドで【人形道化師のボタンを入手】という依頼を受けた。そうして訪れた迷宮こそが〝夢幻無限のミラーハウス〟。通称むげむげ。今まさにリゼルが鏡に額をぶつけそうになっている迷宮だ。

「ここ、進みづらさで言うと一番かもしれませんね」

「色ありすぎて酔いそう」

「分かります」

リゼルは浮かばせた魔銃《ライフル》を先行させ、先があることを確認しながら足を進めていく。

一歩歩くごとに鏡の数だけ像も動く。天井まで覆いつくすあらゆる角度の鏡、もはやそれらが映すのは本物の像なのか、それとも他の鏡に映ったものを更に映し出しているのか。ものによっては動きも反転するものだから、まるで巨大な万華鏡の中にでも入ったかのようだった。

「もう一生分鏡を見た気がします」

「ナルシストが大喜びしそう」

「精鋭さんですか?」

「あー……」

そういえばそんな奴もいたな、と嫌そうなイレヴンにリゼルも可笑しそうに笑う。

リゼルとしては、自己愛の強い相手は自信にも溢れているものだから、ついつい仕事の際に信頼を置いてしまうが。ちなみにこれをジルに言うと「褒めて伸ばすにも限度がある」と言われる。伸びるなら良いだろうに。

そんなことを話しながら歩いていれば、先行させていた魔銃の先端が鏡にぶつかった。

「行き止まりですね」

「マジ？　脇道あったっけ」

「なかった、と思うんですけど」

曲がり角もない。上からも抜けられそうにない。

リゼルとイレヴンは遠慮なく鏡に手を当て、何か仕掛けがないかと調べていく。不思議なことに、迷宮の鏡は触れようが撫でようが少しも曇りはしなかった。当然、イレヴンが双剣の柄頭《つかがしら》を叩きつけようが傷一つつかない。

「どっかに割れる鏡あったとか？」

「ノックしながら戻ってみますか？」

「音変わってくれっかなァ」

イレヴンが目の前の鏡を数度ノックする。

いかにも裏に空間がありそうな音がしているが、その鏡こそ先程イレヴンが割ろうと剣を叩きつけたものだ。イレヴンに限って力不足ということはなく、リゼルの提案も望み薄だろう。念のために幾つか鏡をノックしてみるが、特に音の違いはない。

「なら、鏡の中に入れたりとか」

「絵本じゃん」

「ロマンですよね」

楽しそうに笑ったイレヴンが次の鏡に手を当てる。呑《の》み込まれた。

イレヴンは真顔で手を引いて、もう一度恐る恐る入れてみる。呑み込まれた。

「リーダー行けそう！」

「本当ですか？」

心なしか目を輝かせたリゼルもイレヴンのもとへ向かう。

見れば鏡が波打つようにイレヴンの腕を手首まで呑み込んでいて、リゼルは好奇心のままにその境目をつついてみた。揺れる鏡は触れた感触がない、けれど指先にヒンヤリと冷たい温度が伝わってくる。イレヴンの腕の隣で己の手も潜らせてみるも、向こう側に変わった様子は感じられなかった。

「行ってみましょうか」

「待って待って待って」

「あ。手、繋《つな》ぎましょうか？」

「いや怖《こえ》ぇとかじゃなくて」

躊躇《ちゅうちょ》なく突っ込んでいこうとするリゼルをイレヴンが止める。

彼は差し出されたリゼルの手をとり、自分はというとあっさりと鏡に上体を潜らせた。そのまま数秒。握られた手に微《かす》かに力が籠《こ》められ、促すように柔《やわ》く引かれてリゼルも鏡に踏み込んでみる。

ヒンヤリとした温度が体を包んだのは一瞬だった。やや楽しかった。

「なんか変わった？」

「いえ、特に」

手を離して周囲を見れば、鏡の裏側といって良いのだろうか。

景色は今までと変わり映えしないが、無数の鏡は一つもリゼルたちを映さずにただのガラスのように見えた。鏡を通り抜けて鏡の裏側の世界へ、何ともロマンのある状況にリゼルは大満足だ。

そうして心躍らせながら潜ってきた鏡を調べようとした、その時のこと。

「う」

「うお、リーダーだいじょぶ？」

反対側に立っていたイレヴンにぶつかった。

「すみません」

「や、別に……え、何？　なんかあった？」

「いえ」

いや、何もなくはないのだ。

少しもよろめかない姿を感心しつつ、リゼルは「もしかして」と思案する。

「イレヴン、右手挙げてください」

「右？」

突然の提案に少しばかり置いていかれながらもイレヴンは手を挙げた。

挙がったのは左手。奇妙な顔をして自らの手を眺めるイレヴンに、リゼルは酷く納得したように頷く。

「ここ、鏡の中ですね。左右反転しちゃいます」

「……むッずかし‼」

ロマンに浸っている暇ではない。物凄くえげつない仕掛けだった。

もし魔物が出たら満足に戦えないだろう。いや、まだ一階層目であることを思えば難易度的に魔物は出ないかもしれない。二人はそんなことを話しながら、他に道もないしとひとまず鏡の中を進んでいく。折角のシチュエーションだが、こうなっては早く抜けてしまうのが一番だった。

だが、そんなリゼルたちの懸念《けねん》も杞憂《きゆう》に終わる。

「お、魔物」

鏡の向こう側を、トコトコと歩いていく歯車仕掛けの獣が一匹。

その魔物がこちらに気付く様子はなかった。とはいえ音は伝わるらしい。思いきり鏡を叩いて煽《あお》るイレヴンが、その音に反応して周囲を警戒し始める魔物にケラケラと笑う。向こう側からは見えないのだろう。魔物は暫く鏡の前をうろうろと彷徨《さまよ》っていた。

「こうなると、鏡の中に避難しないといけないような罠があるのかも」

「それか鎧鮫《よろいざめ》みてぇな魔物とか、負け確の魔物とか？」

「まけかく？」

「負け確定」

「あ、成程。もしいたらジルに紹介してあげましょうか」

「ニィサンここ来たことあんのかな」

「どうでしょう。あんまり好きそうな迷宮じゃないですよね」

負け確でもジルなら勝てそう。いや迷宮仕様なら何をどうしても勝てないんじゃ。

二人は和気藹々と話しつつ、鏡の中を出たり入ったりしながら階層を攻略していった。


鏡の外での戦闘は大混乱だ。

「すっげぇ気が散る！」

「本物を見失いますね」

あらゆる鏡に映り込む魔物。もはや何匹に襲われているのか、背後で頭上で動きまわる魔物の像に気を取られて仕方ない。更にようやく見つけた人形道化師は、球体人形が道化師の衣装をまとった魔物だ。宙を移動するそれらには、匂いもなければ足音もなかった。

結果、視界にチラつく像全てに反応できてしまうイレヴンと、そこまでの反射神経はないものの鏡に誤射するリゼルの二人。ならばと本物に視点を固定すれば、今度は鏡に気付かずに肩をぶつけそうになる。

「リーダー後ろ鏡」

「有難うございます。ええと、魔物は」

一度見失うと、見つけるまでに数秒のタイムラグが出る。

更に人形道化師はがっつり魔法を使ってくる。発射された火球は鏡に当たり、軌道を変えながらリゼルたちへと迫る。それが真っすぐに向かってきてくれるなら対処のしようもあるが、道化師の名に相応《ふさわ》しく遊んでいるのか何なのか。適当に火球を打ち出しては、カタカタと木製の口を揺らしている。意地が悪い。

「なーんか楽に倒す方法ねぇかな」

「そうですね」

イレヴンの剣が人形の頭を斬り落とす。動かなくなった体がぽとりと地面に落ちた。

「お、星形」

しゃがんだイレヴンが、道化師の衣装からボタンを切り取る。

これで三つ目だが、一つ目のボタンは四角、二つ目は三角だった。色も形も材質も、色々なパターンがあって面白い。とはいえ迷宮品なので、材質一つとっても謎の素材なのだが。

「俺たちの装備にも使われてるんでしょうか」

「ニィサンこんなのいちいち回収しなそうじゃん？」

「予算は渡してますし、工房で用意してくれたりしませんか？」

「あ、そっか。足りないモン仕入れんのかな」

立ち上がったイレヴンを、リゼルは何となく窺った。

戦闘中の不満が後を引いた様子はない。まだそれほどストレスはないのだろう。だが依頼の達成に必要なボタンの数は十個、更には人形道化師もそう頻繁に出会う魔物ではない。勝てないという訳ではないし、苦戦というほど危機に陥《おちい》る訳でもないが、やはり何かしら対策を考えたほうが良さそうだ。

イレヴンと二人の迷宮は、こうして攻略について試行錯誤するのがとても楽しい。イレヴンも敢えてそれを楽しんでいる節がある。

「次に道化師を見つけたら、最初に縄で繋いでおきましょうか」

「縄結ぶ間に倒せそう」

「投げ縄、できませんか？」

「何でできると思われてんスか。あ、ならリーダーがさ。何だっけ……一回見たことあんだけど。銃の弾って跳ねんじゃん。あれでさ、火ィ来た時カウンターとれねぇ？」

「魔力も跳ねてくれるでしょうか」

イレヴンも笑いながら次々と提案を出していく。

互いがいれば何でも楽しめる二人にとって、迷宮のアレコレはただ話のタネに過ぎない。ああでもない、こうでもないと、笑い混じりに話し合いながら次の獲物を探して歩く。依頼の品が十個集まる時にはきっと、この迷宮を堪能し尽くしていることだろう。

ちなみに、次に人形道化師と出会った時のことだが。

「お、人形見っけ」

「はい、どうぞ」

「マジで投げ縄渡された。あ、リーダー火ィ来る！」

「任せてください」

投げ縄は外れたし、魔銃の弾は跳ね返ってくれなかった。

その日の夜、イレヴンは宿のリゼルの部屋でご満悦の態だった。

窓辺で本を開くリゼル、その椅子の隣にしゃがんで凭れる。後頭部を膝《ひざ》に預けていれば、空いた手で時折髪を撫でられる。そうしながら、のんびりと剣の手入れに精を出す。

リゼルと二人で迷宮に潜った日はいつも心が軽い。わざわざ刺激を求めなければ退屈だった以前とは違い、リゼルと過ごす日々はいつだって楽しくて仕方がなかった。それは、リゼルが自分とは全く違う視点から物事を見ているからかもしれないし、何をするにも躊躇しないところが似ているからかもしれない。

「リーダー何読んでんの？」

「んー……」

「何読んでんのって」

生返事を許さず、後頭部を脚に押しつければ、見上げた薄い唇がふと笑みを浮かべた。

落とされた瞳は甘く、柔らかい。イレヴンがそうしているように、リゼルもすっかりとリラックスしているようだ。少しばかり咎《とが》めるように爪の先で頬の鱗をなぞられる。

「二冊で一組の珍しい本ですよ。双子の骨董《こっとう》屋さん、覚えてますか？」

「あー……ニィサン御用達《ごようたし》の」

「そう、御用達の」

戯《たわむ》れるように含みを持たせれば、リゼルも可笑しそうに頷いた。

出会いが娼館だったので、イレヴンにはそちらの印象が強い。何よりあの双子にはあまり好かれていないので、初対面以降イレヴンが彼女たちの顔を見ることはなかった。

とはいえリゼルに同行を頼まれれば、喜んで骨董屋に同行するだろう。彼女たちの事情など関係がないと気にもかけずに。だがイレヴンが気付けるようなことにリゼルが気付かないはずもなく、あちらに配慮してか誘われたことは一度もなかった。

イレヴンとしても、骨董屋に用はないので別に良いのだが。

「彼女たちの店にあった本です」

「機嫌とって手に入れたってヤツ？」

「そう」

額を撫でられ、その心地良さに目を細める。

「同じ王を支える、側近と物乞いのはなし。同じ時間軸、それぞれの立場から王を支えて――」

正直なところ、本の内容はまるで興味がなかった。

けれど穏やかな語り口は気に入りで、本に没頭されるよりかは気分も良い。自然と唇の端が持ち上がるのを感じながら、剣を持ち直した。迷宮で何度か鏡に叩きつけてしまったが、少しも欠けていないのだからやはり剣は迷宮品に限る。

「面白いのは、互いの存在を認識するようになっても一度も顔を合わせずに――」

こうしてイレヴンは一日の最後に、優しい声色を堪能しつつ手入れという、最高に贅沢な時間を過ごすのだった。

書籍14巻　電子書籍版特典SS

冒険者のプライドは何より迷宮踏破を優先する

ランプの明かりのみが頼りの船内は狭苦しく、薄暗い。

耳を澄ませば波の音。けれど揺れを感じないのは、この船が座礁《ざしょう》している所為《せい》だろう。丸い窓から外を眺めれば、流木の横たわる砂浜と、その向こうに生い茂る木々を窺うことができる。

波の音に混じり、何処からかコツリコツリと板を硬いもので叩く音が聞こえた。

音の方角にある扉は、今は亡《う》き船員らの部屋か。薄っすらと開いた扉を覗けば、肉が全て腐り落ちるほどの年月を経た白骨が一体。生前のルーティーンを繰り返しているのか、底の擦りきれたブーツで彷徨い歩いている。

リゼルはそっと、扉の隙間から顔を引いた。振り返り、潜めた声で同行者へと囁きかける。

「本当にスケルトンが海賊の恰好をしてますね」

「あいつら迷宮ごとに着るもん変わるからな」

「名前まで変わるの何なんスかね」

座礁した海賊船を模した迷宮、そこにリゼルたちは訪れていた。

受けた依頼は【パイレーツスケルトンのサーベルが欲しい】というもの。動く骸骨《がいこつ》は一括してスケルトンと呼ばれるが、この魔物は生息する迷宮の影響を大きく受ける。森では狩人、城では騎士、そして目の前の海賊と、主に装いという点で個性を出してくるのだ。

だが侮《あなど》ることなかれ。装いが変われば武器も変わる、武器も変われば戦い方も変わる、更には一体一体に個性も見せてくるものだから、出方が分からなくて苦手だという冒険者も多い。

「サーベルって確定だっけ」

「ランダム」

「げぇー」

ジルとイレヴンの会話を聞きながら、リゼルは部屋の中を彷徨う骸骨の腰のあたりを見た。擦りきれたサッシュのぶら下がる骨盤には、サーベルではなく錆びついた短剣が一本。まずサーベルを持つ個体を探す必要があるだろう、更には戦利品として手に入れられるかどうかもランダムだ。倒した魔物と同じく、魔力となって消えてしまう場合もあるという。

「ひとまず数を倒すしかないですね」

「了解」

「あ、バレた」

部屋の中を歩き回っていたスケルトンが此方《こちら》を見た。

がらんどうの眼窩《がんか》に、魂の再起を思わせる光が灯る。外れかけた顎の骨がぎこちなく揺れ、かたかたと腹の底が冷えるような音を立てた。襤褸《ぼろ》の服から伸びる白い腕が短剣を掴み、錆びついて滑りの悪い鞘《さや》から引き抜く。

それを見てイレヴンが動いた。微かに開いていた扉を躊躇なく閉じる。

「閉じ込めるんですか？」

「できっかなって」

「普通にドアノブ捻って出てきたらどうすんだよ」

直後、腐りかけた扉から短剣が突き出てきた。

眼前に現れた切っ先にリゼルとイレヴンは地味に驚き、ビクリと肩を跳ねさせる。そんな二人に呆れながら、ジルが扉ごと中のスケルトンを蹴り抜いた。蝶番《ちょうつがい》の外れた扉が部屋の中に倒れ、下敷きになった魔物の頭蓋骨がゆっくりと転がっていく。

まだ浅い層だから弱いなと、ジルは扉を踏みつけながら部屋に入る。

「っぴ、びった～……」

「驚かされると、驚きますよね」

「船上祭のは平気だったろ、ホラー船」

「迷宮で壁抜きしてくるとは思わねぇじゃん！」

予想外すぎて驚いたと、何とも冒険者らしい驚き方だ。

リゼルもジルの後に続いて部屋に入る。白骨を下敷きにした扉を平気で踏みつけていく二人を尻目に、横にずれるように扉を跨《また》ぎながら入った部屋の中は、木箱や樽に溢れた倉庫のようだった。

床に転がる砲弾には埃《ほこり》が積もっている。

魔物がいたのだから何かしらあるかもしれない、そう考えての探索だが何もなさそうだ。

「お、ハンモック」

「寝んなよ」

「寝ねぇし。縄腐ってんじゃん」

木箱も樽も蓋は開かないようだ。迷宮による雰囲気出しだろう。

リゼルはそれを横目に、天井に走る配管を見上げた。視線で辿り、荷の片隅にひっそりとある伝声管を見つける。何処かが歪んでいるのか閉まりきらず浮いている蓋に爪をかけ、少しばかり硬いそれをゆっくりと開いた。

耳を寄せてみる。微かに潮騒《しおさい》の音が聞こえた。

「どなたかいらっしゃいますか?」

今度はこちらから呼びかけてみる。

「リーダー何してんの」

「いる訳ねぇだろ」

「分かりませんよ。スケルトンがカタカタ言ってくれるかも」

言いかけたリゼルの耳が何かを捉えた。

言葉を切って耳を澄ます。まさか、と怪訝そうな二人も近寄ってきた。

『……、ぅ……セ、……』

リゼルが唇に指を当てながらジルたちへと目配《めくば》せする。

人の声だ。イレヴンも伝声管へと顔を近づける。

『せん、チョ……センちょう……あン、タ、どコニ……』

「そちらにいらっしゃいませんか？」

『いナイ、イ、なイ、いな、い、イ、い、イ……、………』

瞬間、リゼルは耳を庇うように回されたジルの掌に伝声管から引き剝《は》がされた。

視界の端で、眉を顰めたイレヴンが両耳を塞ぎながら飛びのくのが見える。その直後。

『イ、ナぁあアァあああアぁぁあぁアアア!!』

酷い耳鳴りにも似た金切り音が響く。

それほど長くは続かなかっただろう。けれど強い残響が尾を引いて、いつ収まったのかは分からなかった。リゼルは微かな耳鳴りを感じながらも、触れる掌の温度に安堵しながら足を踏み出す。

離れていく掌に礼を告げ、今は少しも音を立てない伝声管へとそっと囁いた。

「死して尚、唯一人へと向けた貴方の忠心を私は心から尊敬します」

『……』

「貴方の代わりに私が船長を探しましょう」

『……』

「船長室は何処に？」

『…………測量室の本棚の後ろを覗《のぞ》け』

「有難うございます」

潮風に掠れた深みのある声を最後に、伝声管は沈黙した。

もう呼びかけても何も返ってこないだろう。きっと、この伝声管を辿った先には何もいない。最初から今まで、誰もいないままの、言葉など知らぬ魔物が彷徨う海賊船に外《ほか》ならない。

リゼルは伝声管の蓋をそっと閉じて、さてとばかりに後ろに立つ二人を振り返った。

「測量室を探しながら進んでも？」

「リーダーのそういうとこさァ」

「諦めろ」

物言いたげな顔と零された溜息に、どうしたのかとリゼルは首を傾けた。


この迷宮には一つ、他の迷宮にはない大きな特徴がある。

リゼルたちは適度に測量室を探しながら迷宮を進んでいた。階段を上るごとに階層が変わる。本当の船ではあり得ない広さの船内と、幾重にも重なる階層こそがここを迷宮たらしめる。測量室も一階層ごとに隅々まで探す必要があった。

とはいえ基本は船。構造を知ってさえいれば、大体このあたりと予想はつけられる。

「この部屋、調べたいんですけど」

「あー、これが噂の」

通路を巡回しているようなスケルトンを倒し、樽から這い出るように蠢《うごめ》くスライムを倒し、床に落ちる生きた縄を倒しながらたどり着いたのは、他と比べてやや立派な扉。華美な装飾はないが金属の鍵穴が目を引く、見るからに重厚な扉だった。

扉の手前には机が一つ。上には小さなジュエリーボックスと航海日誌、筆記具が一つずつ。ジュエリーボックスには数字を合わせるタイプの鍵が仕込まれている。そして航海日誌を捲《めく》れば、その数字を示すだろう暗号があった。

「鍵こん中か」

「まず間違いなく」

「で、暗号解くために他の冒険者と協力しろってことね」

イレヴンがトンと指を置いたのは航海日誌。

日誌の見開き、その左ページには暗号が。右ページの隅には〝船員との記録を残せ〟という走り書きがある。ここで言う船員というのは、この迷宮に潜っている他の冒険者のことだ。他と変わらず迷宮内で顔を合わせることはないが、同時進行で潜っている冒険者とやり取りができるという非常に珍しい迷宮だった。

「他の冒険者の方々も同じ日誌を見てないと駄目なんじゃないですか？」

「羊皮紙が落ちてくんだよ、どっかの誰かがこれ系の仕掛け見つけたタイミングで」

「俺らまだ一回も見てねぇけど」

「んなボトボト落ちてこねぇよ」

イレヴンは納得したように頷いた。

リゼルたちも何階層か進んで、階層ごとに探索して、ようやくこの部屋を見つけたのだ。やり取りを受け取る側は、戦っていようが罠に嵌まっていようが関係なく羊皮紙が降ってくるという。そう簡単に謎に出合っていたら、迷宮に潜っているパーティの数次第ではとんでもないことになるだろう。

「俺らしか潜ってなかったらどうなんの？」

「大丈夫ですよ。単独でも解けるような内容ですし」

「へぇ」

イレヴンは暗号を覗き込んでみる。何も分からなかった。

他の冒険者の元に現れる羊皮紙には、謎に出合った冒険者が航海日誌に書き込んだ内容のみが反映される。つまり謎自体はあちらには見えないので、何を書き込むのか工夫が必要だろう。迷宮であることを考えるに、書き込む内容にも何かしらの制限がつきそうだ。

「折角だし、何か書いてみましょうか」

「あ、個人名ダメとか聞いたことあっかも」

「そうなんですか？　でも返事は欲しいですよね」

「誰も潜ってねぇってことはねぇだろ」

ジルが近くの部屋から這《は》い出してきた魔物を片手間に斬り捨てる。

その姿を見て、リゼルはふむと一つ頷いた。物は試しだ、と古風な羽ペンを手に取る。書いた内容は〝冒険者最強は今日も元気に攻略中です。〟のひと言で、隣でのぞき込んでいたイレヴンは思いきり噴き出した。

そしてリゼルが暗号を解き、ジュエリーボックスの数字を合わせながら待つこと少し。

「お、リーダー見て。すっげぇ返事来てる」

「何で来んだよ」

「皆さん親切ですね」

ちなみに落ちてきた羊皮紙はスルー可。

にもかかわらず、リゼルの筆記の下に無数の返答がにじみ出てくる。内容は「貴族さん日誌の使い方違《ちげ》ぇ」「使い方間違ってるって教えてやれよ一刀」「それは謎解きを協力するための日誌だよ」「リゼルさん!!!!!!」といったもの。返答には個人名を出せることが判明したし、顔見知りが同じ迷宮に潜っているのも判明した。

「アイン君たちがいますね」

「返事がすげぇ治安良い」

「教えてやれよじゃねぇよ」

リゼルたちは和気藹々と話しながら、ジュエリーボックスから手に入れた鍵で扉を開けた。


ちなみに今、同迷宮に潜っているパーティの一組に槍使いのパーティがいるのだが。

「お、羊皮紙か。誰か日誌を見つけたんだな」

「順調に攻略してるんだねぇ。こういうの、重要なルートに置かれがちだし」

「隠し部屋とか見つけたんかな、羨ましい」

「何て書いてあるんだい？　できれば協力してやりたいけどね」

彼らは運よく戦闘中でなく、それなりに安全も確保できていた。

よって槍使いは特に何も考えず羊皮紙を拾い、紐《ひも》で留められたそれを広げる。巻かれていたペンが落ちかけるのを危なげなく受け止め、どれどれと紙面に目を通した。たったひと言なので見た瞬間に内容を把握し、彼は噴き出すのを耐えようとしたせいで盛大に噎《む》せる。

「ごほっ、はは、こりゃあ凄《すげ》ぇな」

「え、何。どれ？」

そして魔法使いの手に渡された羊皮紙に全員が目を通す。

反応はそれぞれ違った。笑いを耐えて口を塞ぐもの、驚愕に顎を落とすもの、仕方なさそうに肩を竦めるもの。とはいえ全員に共通することが一つだけある。

「貴族さん日誌の使い方間違ってねぇ？」

「本人の日記になっちゃってるね」

「教えてやんないと。まぁ、貴族さんが謎解きに苦戦するかは分からないけどね」

槍使いは筆記があまり得意でないので、笑いながら持っていた羽ペンを弓使いへと渡した。羽ペンってこんなに使いにくいのか、と文句を言いながらも親切に忠告を書き込む弓使いの隣。その手元を感心したように覗き込みながら、ふと片手剣使いが天啓《てんけい》を得たように顔を上げる。

「これ、貴族さんいる間に進めりゃ謎で止まらねぇんじゃねぇ？」

弓使いの手が止まる。槍使いも動きを止め、魔法使いは真剣な顔で天を仰《あお》いだ。

全員で顔を見合わせて頷き合う。なにせ普段は日誌に何を書き込もうが「分からん」「お疲れ」「腹減った」「それどこ？」しか返事が来ないのだ。海賊船の迷宮、同じ船に乗った者は船員として協力し合うべきという仕掛けなのかもしれないが、頭の出来が変わらない者ばかりが集まっていては何の意味もない。

けれど今日は、まず間違いなく決定打を打ってくれる冒険者が一人いるので。

「よし、行くか！」

「まず謎を見つけないとね」

「鍵付きの宝箱見つけても泣いて諦めずに済む！」

奇《く》しくも今この瞬間に迷宮に潜っている者たち全て、この結論に達した瞬間だった。

返答を書き終えた弓使いの手から羊皮紙が消える。それを機に四人は意気揚々と迷宮攻略を再開するのだった。


リゼルたちが足を踏み入れた部屋は、探していた測量室だった。

どうやら当たりを引けたようだと、三人は壁に二つ並んだ本棚へ向かう。調べてみれば、どうやら一つの本棚がスライドするようになっていた。名もなき船員から情報を得ていなければ気付かなかったかもしれない。あるいは、事前に情報を得たからこそ動いたのか。

「隠し扉ですね」

「船長室って普通隠されてんの？」

「そうでもないですけど、隠すメリットはあると思います」

失礼します、と声をかけてリゼルは足を踏み入れた。

何かが動く気配はない、どうやら魔物もいないようだ。ランプに照らされた明るい部屋、不思議と潮騒も聞こえない静寂に、微かに木の軋む二人分の足跡が響く。無音の三人目がそれを追い越して先行し、部屋の真ん中にある金貨の積まれた机を一瞥《いちべつ》した。

イレヴンは一枚手を取り、そのまま金貨の山に落とす。キン、と澄んだ音を立てた金貨は、ランプの明かりにチラチラと美しく煌めいていた。

「貰って良いと思いますか？」

「さぁな。聞いてみろ」

机と椅子とベッド、後は山ほどの財宝で埋まった部屋。

ジルが頤《おとがい》を上げるように示したのは、机の向こう側に腰かける一人分の白骨体だった。立派な羽飾りのついた帽子、骨だけになった指に収まる指輪には大振りの宝石。

リゼルは確かにそこに敬意を払う者がいるかのように歩み寄り、机を回りこんで白骨体の隣へ。床には指から転げ落ちただろう指輪が三つ。踏まないように気をつけながら膝をつき、だらりと体の横に下ろされた白い腕へと触れる。

「貴方の部下は、今も貴方を慕って待っていますよ」

白骨は何も言わない。リゼルは微笑み、握りこまれた指を一つ一つ解いていく。

「伝言の対価、いただきますね。必ず大切にしてくださる方に渡します」

緩んだ手元から、そっと引き抜いたのは一本のサーベル。

今までに見たスケルトンのものに似ているが、緻密な細工が施された鞘は美しく、不思議と少しも錆びついていなかった。ジルに確認をとれば、確かに依頼人が求めるサーベルの枠に入るという。

リゼルはサーベルを手に立ち上がった。

「次もまた、良い航海を」

言い残して、ジルたちと共に部屋を出る。

部屋に残されたのは一体の白骨体。そのがらんどうの眼窩に、ふと何かが灯ったように揺れたのを三人が目にすることはなかった。


その後のことだが、サーベル愛好家の依頼人には目の前で狂喜乱舞されたし、何組かのパーティにはほくほく顔で礼を言われた。それを見てリゼルは、良いことをしたなと普段と変わらぬ笑みを浮かべるのだった。

コミックス収録特典短編集

コミックス3巻　書き下ろし短編

リゼルのランクアップを祝う会にて

リゼルは酒が飲めない。

貴族社会では多少なりとも己の立場を不利にするそれを、克服《こくふく》しようと思ったことも当然ながらある。しかしひと口で容易に記憶を飛ばしてしまう体質だ。どう克服すればいいのかも定かではなく、欠点は他でカバーする形に落ち着いているのが現状だった。

だからこそ、飲める相手に対しては少しばかり憧れてしまう。

「おい、エール」

「あ、僕もっ」

「これと同じものを」

飲むなぁ、とリゼルは感心したように同じテーブルにつく三人を眺めていた。

場所はバーのような雰囲気ながら立派な酒場であるいつもの店。店主の癖に無愛想《ぶあいそう》、バーでもないのに〝マスター〟と客に呼ばれている彼へと次々に注文が飛ぶ。ジルは開幕からエール続き、ジャッジもジルに比べればペースは少し落ちるものの同じく、スタッドは勧められた辛口のカクテルが気に入ったのかそればかり飲んでいる。

「リゼルさん、注文は……」

「大丈夫ですよ」

「じゃあ、僕だけ。えっと、パスタ食べたいな」

「私は肉料理を食べます」

そしてよく食べるなぁ、とどんどんと食卓の皿を増やす年下二人を微笑ましげに眺めた。

働き盛り、更には片や今まさに仕事上がりであり、片や馬車旅を終えたばかりである。疲れるより前に腹が減って仕方ないのだろう。不名誉な疑惑を被せてきたジルに会計を任せたが、そちらを見れば特に気にする様子もない。むしろ自分も、とばかりに肉の追加を頼んでいる。

こちらの世界ではリゼルとは比べ物にならないほどに金に困らないジルだ。さもありなんと頷き、リゼルは果実水入りのグラスを手に取った。そしてふと、氷しか入っていないグラスをカラカラと揺らしているスタッドを見る。

「そういえば、スタッド君はマルケイドに行ったことがあるんですか？」

「ギルドの仕事で一度だけ」

「え、そうなの？」

「何か」

「ううん、ただ、ちょっと意外だなって……」

意外そうに目を瞬かせたジャッジが、何か文句あるのかと無感情な視線を寄越すスタッドに言葉尻を濁《にご》す。どうやら早々に酔い心地になり、少しばかり気が大きくなっているらしいジャッジだが、本人の心優しい性根もあって流石に喧嘩腰にはなれないようだ。

「まぁ自分から余計な事するようには見えねぇな」

ジルが運ばれてきた酒を受け取りながら告げた。

「最近は仕事以外にも出かけていますが」

同じく自身のグラスをマスターから受け取り、空のグラスが回収されていくのを目で追いながらスタッドが言葉を返す。淡々とした無表情からは何も読み取れない。

しかしリゼルから見れば、何処となく得意げな雰囲気だ。そんなスタッドのガラス玉のような瞳がこちらを向いたのに、肯定するように目元を緩めてみせる。

「俺と一緒に買い物とか行きますよね」

「行きます」

「食べ歩きとかもしましたね」

「はい」

こくりこくりと頷く姿に、ジルが呆れたようにグラスを呷《あお》る。甘やかすな、と彼は度々口にするが、リゼルからすれば可愛い年下を甘やかしたくなるのは自然なことだ。

「良いなぁ……」

「てめぇはさっきまで誰と何処行ってたんだよ」

「あれは、だって、仕入れだったので……！」

一緒に出かけたい、と羨ましそうなジャッジへとジルがすかさず突っ込む。

数日かけて商業国《マルケイド》に行っただろうに、という意味だ。だがジャッジ的にあれは〝一緒にお出かけ〟にはならないようで、眉を下げながらも反論しようとしている。仕事とプライベートはまた別らしい。

「そうです図々しいでしょう愚図」

「ず……う、ずうしいですか、リゼルさん……」

「そんなことないですよ。今度、一緒に遊びにいきましょうね」

「はいっ」

ジャッジは嬉しそうにふにゃふにゃと笑い、空き皿と交換でテーブルの上に並べられたパスタへとフォークを伸ばした。大皿の料理を取り分ける、というのはリゼルにとって酷く新鮮な光景で、好奇心のままに自身もフォークに手をかける。

「リゼルさん、どうぞ」

「有難うございます」

すかさずジャッジに取り分けられた皿を差し出された。

流石の奉仕精神に感心しながらも礼を言って受け取る。ジャッジのこれは奉仕というより、優れた鑑定眼を持つ商人特有の〝価値の高いものには相応の扱いを〟という考え方からなのだろうが。過大評価されているなと思いはするも、元はそういった扱いが当然であった身だ。リゼルも特に嫌とは思わず、ジャッジがそうしたいのならばと受け入れる。

「私も食べます」

「うん、分かった」

「俺も」

「えっ、は、はい」

案に「取り分けろ」と告げたのは淡々としたスタッドと戯れ交じりのジル。

ジャッジは照れたように頷き、完璧な四等分で美しくパスタを取り分けていた。飾られていたバジルを一端下ろし、そして各々の皿のてっぺんに再び盛りつけるという徹底ぶりだ。

「そういや明日どうする」

「依頼ですか？」

「ああ」

ぺろりと皿のパスタを平らげたジルの言葉は、ギルドに依頼を受けに行くのかという意味だろう。

リゼルは咀嚼《そしゃく》していたものを飲み込み、さてどうしようかと少しばかり思案する。

「折角Dになったんだろ」

「嬉しいです」

リゼルは頷いた。割と本気で嬉しい。

ランクアップを喜ばない冒険者など冒険者ではない。そんな心意気だけは極々《ごくごく》一般的な冒険者であるリゼルを、気付いたらランクアップしていた冒険者最強は沈黙を以て流す。

「リゼルさん、疲れてないですか？　明日くらい、ゆっくりしても」

「そうですね」

「私は泊まります」

「泊まりゃ良いだろ」

何やら訴えるスタッドに、呆れたようにジルが告げる。

別に実際に依頼を受けて達成せずとも、良い依頼があれば受けるだけ受けて翌日以降に動けば良い。依頼を見に行くだけならば、日が出ている内に戻って来られるようにと朝一にギルドを訪れる必要などないのだから。

ギルド職員としてそれを知っているだろうに何を、とジルの目が語っていた。

「見るだけ見にいって、当日中に達成できそうなら受けましょう」

「分かった」

「いつ起きれるかは分かりませんけど」

「知ってる」

鼻で笑ったジルに、リゼルも可笑しそうに目を細める。

リゼルはそのまま、やや不機嫌そうな雰囲気を醸し出すスタッドにひと口大に切り分けられたチーズを差し出してやった。フォークで刺したまま差し出されたそれをスタッドは数秒見つめた後、パクリと食《は》む。無事に機嫌を直してくれて何より、とリゼルも微笑んだ。

「そういえば、リゼルさん、パーティランクも」

「そうなんです。上がったんですよ」

「わ、おめでとうございます！」

リゼルが嬉しそうに微笑めば、ジャッジも満面の笑みで答えてくれる。

パーティランクはパーティメンバーの個人のランクの平均（繰り下げ）だ。個人のランクもパーティでの功績が反映されるので、ソロで活躍できずともパーティに大きく貢献《こうけん》できていれば上がりやすい。この辺りはギルド職員の裁量にもよるが。

「ジルさんがBで、リゼルさんがDになったから」

「パーティランクもDからCに上がっています。ギルドでの登録などは特にありませんが」

「これでようやく、ジルのランクに合った依頼が受けられます」

「気にしねぇっつってんだろ」

マスターがパスタの大皿を下げ、肉が盛りつけられた皿を置いていく。

流れるように手を伸ばすジル達に、リゼルは未《いま》だ皿に残るパスタをフォークへと巻きつける。同時に、あれだけ飲んでいて何処に食事が入っているのかと内心首を傾げた。

「おい、ボトルで頼むぞ」

「あ、はい、大丈夫です！」

「てめぇは」

「飲みます」

更にはワインまで頼み始めた。当然ながらリゼルは聞いてもらえない。

普段より頬の血色が良くなったジャッジを確認する。酔ってはいるのだろうが、呂律《ろれつ》も思考もはっきりしている。まだ大丈夫だろう。今度はスタッドを確認する。彼は飲み始めた時から一切変わらない。ならば楽しそうな彼らに水を差す必要はないか、と一つ頷いた。

ちなみにジルに至っては確認するまでもない。彼はザルだ。

「そこの瓶《びん》」

視線に気づいたマスターに、ジルが棚に並んだ色とりどりの瓶の内の一つを指さす。

「グラスは」

「三」

「あ、あと何か……」

「適当にツマミも」

ジャッジの言いたいことを察し、ジルが注文を付け足した。

その視線が自身へと向けられるのに気付き、リゼルはほぼ空になったグラスを持ち上げてみせる。飲んでいたものと同じものを注文してくれた。すぐにマスターがボトルワインとグラスを運んでくれる。

「クーラーは」

「いらねぇ」

「スタッド君がいますしね」

「冷やします」

マスターが不可解を示すように片眉を上げたのは一瞬のこと。

だが彼はすぐに何かを納得したように頷き、去っていった。魔法で、という意味に気付いたのだろう。それを使うような職にでも就いていなければ、魔力やら魔法やらの何かしらなど実際に目にする機会はない。それこそ、なんか火とか水とか出るというのが一般的な認識だった。

「あ、これ……」

次いでマスターが運んできたツマミを口にしたジャッジが目を輝かせる。

「美味しいですか？」

「はいっ」

馬車旅の道中、素晴らしい料理の腕を披露《ひろう》してくれたジャッジだ。

舌もさぞ肥えているのだろうと思えば、リゼルも彼に気に入りの店を認められたようで嬉しく思う。

「嗅《か》いだことないスパイスの匂いがするような」

「聞いてみたらどうですか？」

「え？」

自身で再現できないかと好奇心を露《あらわ》にするジャッジへ、リゼルはあっさりと告げる。

そして一方を指させば、ジャッジの丸い瞳と、釣られるようにスタッドの淡々とした瞳もそちらを向いた。店の片隅にあるバーカウンター、その中には他の客が注文した酒とツマミを用意しているマスターがいるのみ。

「あれ、そういえば料理って何処で……」

「余所から運んできている様子もありませんが」

「ちゃんと店で作ってるんですよ。ほら、マスターの後ろです」

リゼルは更にマスターの背後、腰の高さを示した。

バーカウンターの背後の壁には一面の棚がある。それでも隙間《すきま》なく多種多様な酒瓶やグラスで埋まる中、マスターの背後の一段だけは棚が空っぽになっていた。あるべき棚の背面も、その背後の壁すらもない。

「あ、向こう側に繋がってる」

「あちらがキッチンなんですね」

ジャッジやスタッドの凝視に気付いたのだろう。

マスターがさりげなく一歩横にずれて、よく見えるようにしてくれる。ずっと見ていれば、行き来している誰かの腰回りであったり、棚の上に料理の皿を載せる手元であったりが垣間《かいま》見えた。

「姿も声も知らないですけど、話しかければ手を振ってくれるし親切な方なんだと思います」

「お前一人で来ると壁に向かって話しかけてんのか」

「料理人の方に、って言ったじゃないですか」

「傍から見りゃ壁だろ」

「え？」

そうかもしれない、とリゼルは一瞬納得しかけた。

とはいえそれで壁の向こうの誰とも知らぬ、しかし気の良い料理人に話しかけるのを止めようとは思わないが。多少不審に思われていようが気にしないことにする。

「僕、行ってみます……！」

「はい、いってらっしゃい」

酒精《しゅせい》を帯びて緩みがちな顔を引き締め、ジャッジが立ち上がる。

座りながら見上げる彼は長身が酷く際立った。少し猫背気味の広い背中を微笑ましげに見送って、リゼルはジャッジが美味だと称したツマミをひと口摘《つま》む。そうすれば成程、ジャッジの言っていた風変わりな風味を感じることができた。

「ジャッジ君、少しは気が紛れたみたいですね」

「誘った甲斐があったって？」

「そうじゃなくても誘いましたけど」

「何がですか」

戯れるように言葉を交わしていれば、スタッドから疑問が飛ぶ。

いかにも興味はなさそうだが、気にはなったのだろう。リゼルはバーカウンターでマスターと話すジャッジをちらりと窺い、そして少しだけ声を落として苦笑した。

「盗賊に襲われてから、大分気を張ってたみたいで」

「ああ」

納得したようにスタッドも頷いた。

冒険者を客とした道具屋を営んでいるとはいえ、普段は全く荒事に縁のないジャッジだ。国の外での移動にリスクが伴うのは覚悟の上だろうし、実際に魔物に遭遇したことも何度かあるようだが、それでも自らと同じ人間から向けられた悪意は酷く恐ろしかったのだろう。

襲撃後の道中も気丈には振る舞っていたが、夜なかなか寝付けずにいたのをリゼル達も気付いていた。

「その時のジル、ジャッジ君に何て言ったと思います？」

「おい」

リゼルは可笑しそうに目を細め、口元に手を当ててスタッドへ顔を寄せる。

スタッドも意図を察したのだろう。持っていたフォークを置き、テーブルから身を乗り出すように耳を寄せた。ジルはといえば、文句を言うように声を漏らすものの止めようとはしない。言いたいなら好きにしろ、ということだろう。

それを横目で確認し、リゼルが悪戯っぽく唇を開く。

「俺がいて何が不安なんだよ、って」

「はっ」

器用にも真顔のまま鼻で笑う貴重なスタッドが見られた。

「そのとおりですよね。俺も納得したくらいです」

「良いんじゃないですか、キザったらしくて」

「うるせぇ」

嬉しそうに笑うリゼルと明らかに馬鹿にするスタッドに、ジルが投げやりに告げる。

ちなみに言われた時のジャッジだが、リゼルと同じく非常に納得したように唖然としていた。それからは「あれ、何を悩んでたっけ」と混乱気味に平常心を取り戻していたので結果オーライだ。

「誰かを慰《なぐさ》めるジルって貴重ですよね」

「慰めたというには力づくで押し通した感が強いですが」

「解決したんだから良いだろ」

そう話す三人の元へ、ほくほく顔をしたジャッジが戻ってくる。

どうやら有意義な話し合いができたのだろう。その手に新たなツマミの皿を持って戻ってきた彼は、楽しげなリゼルたちへと不思議そうに首を傾げた。

「何かあったんですか？」

「安心と信頼のジルだなっていう話です」

「一刀が意外とキザだったという話です」

「てめぇが簡単に流されるっつう話だよ」

「えっ」

一体何がと慌てるジャッジを席へと促し、リゼルはそれからも食欲衰えない三人と共に話に華を咲かせる。そんな祝いの席に一段落つく切《き》っ掛《か》け、つまりスタッドの突然の撃沈《げきちん》が訪れるのはまだまだ先の話だった。

コミックス4巻　書き下ろし短編

とある宿の女将の視点

宿の女将の朝は旦那の尻を引っ叩くことから始まる。

太陽が地平から顔を出す頃、自然と目が覚めて隣のベッドを見れば、掛け毛布を豪快に蹴り飛ばしたお陰で丸出しになった旦那の腹。昔はこの腹ももう少しシュッとしていたんだけど、と内心で零しながら大きないびきに合わせて上下する肩を揺すって起こしてやる。

何せ彼は宿の大事な料理頭。食事が美味しいという宿の売りを背負う男なのだから。

「ほら、リゼルさん達が起きてきちゃうよ」

欠伸交じりにそう告げる。

宿泊客に冒険者がいるとにかく朝が早い。冒険者をメインターゲットにしている宿でもなければ早すぎる朝にわざわざ対応してやる必要もなく、勝手に起きて勝手に出ていけというのも珍しくはないが、女将はできる限り起きて見送ってやりたいと思っていた。

冒険者は豪快な荒くれ者揃いで、宿屋業の間ではあまり評判の良い連中ではない。けれど危険と隣り合わせの依頼に出掛けようというのだから、また帰ってきたいと思えるような宿のほうが良いじゃないかと思うのだ。そこには、両親が冒険者だった影響もあるのかもしれない。

とはいえ一風変わった二人の冒険者は、一人は散歩に行くかのように迷宮に行くし、一人は遊びに出かけるかのように楽しそうに依頼を受けに行くのだが。

「ほら、起きな！」

野太く唸る声に思わず苦笑してしまうのは惚れた弱みか。

起こすのを諦めて薄暗い室内を歩き、よく見えずとも慣れた手つきで木窓を開け放つ。差し込む日差しはまだ弱くとも、流れ込む朝の冷たい風が寝汚《いぎたな》い男を起こしてくれるだろう。


「おや、ジル。もう行くのかい」

簡単に身支度を済ませ、髪を結いあげながら台所へ歩いている途中だった。

ちょうど階段を下りてくる相手を見つけて足を止める。すっかりと整えられた身なりは黒衣、冒険者装備なので迷宮か冒険者ギルドにでも行くのだろう。ガラは悪いが態度は悪くない宿泊客は、明け方ゆえに少し気だるげな目を此方へ向ける。

「リゼルさんは？」

「寝てる」

「また本でも読んで夜更かししたんじゃないだろうね」

「知らねぇよ」

あっさりと返される答えに、相変わらずだと大きく笑う。

取っつきにくい見た目をしているし実際に愛想などないが、普通に話しかける分には無視されるようなこともない。改めて確認をとったりはしないが年頃は恐らく二十代後半、捻くれて斜に構えるほどに若くもないということなのだろう。

目の前を横切ろうとする男が腰に引っかけている剣、それに腰が引けるほどに女将も繊細な性根をしていない。そのまま宿から出ていこうとする相手を腰に手を当て呼び止める。

「ちょいと、朝食はどうするんだい」

「外で適当なモン食う」

「適当にするんじゃないよ、体を動かすんだからちゃんと食べな」

冒険者ご用達の携行食なんてものは、栄養が摂れるだけで美味しくも何ともない。

そんな味気ないものを食べて力が出るはずもないと、鬱陶しそうな視線を気にすることなく「ちょっとくらい出発が遅れたって良いんだろ」と言い残して食堂へと向かう。誰かと約束しているのなら無理強いはしないが、目の前の男が唯一そういった約束を交わすような相手は二階ですやすやと熟睡中。夢の中に旅立っている彼と出会う前には誰と連れ立つこともなく、今もその気質が変わったとは全く言えやしないのだから約束などないはずだ。

観念したように少し跳ねた髪を搔き混ぜながら食堂へやってきた男に、変なところで遠慮するのだからと笑って台所へと足を踏み入れる。

「あら、起きれたの」

「あー……おう、何だ、冒険者か、早ぇな」

「ジルだけね」

台所には、まだ眠そうに瞼を半分落としている旦那の姿があった。

ここで顔を洗うなといつも言っているのに、盛大に前髪を巻き込んで顔面に滴を滴らせている彼へと小言を交えつつタオルを手渡してやる。彼はいかにもおざなりに顔を拭き、使ったタオルを首にかけて窯の前へとしゃがみ込んだ。火を入れる手付きは淀みない。

「スープは仕込んである」

「じゃあそれを温めて、パンでも炙《あぶ》ってサンドイッチにしてあげようかね」

「おう」

昨日の夕食の残りである少し硬くなってしまったパン、それが入った籠を棚から下ろせばすかさず旦那が奪っていく。親切心ではなく、火の周りのことは全て自分でやりたい性分なのだ。

女将はそちらを任せ、サンドイッチに挟む野菜とベーコンをまな板の上に並べる。食堂で待つ男は出されたものに文句を言うような相手ではないが、リクエストを聞くと必ず「肉」と返ってくるほどの肉食だ。肉なら何でも良いらしく、大したこだわりはないようだが。

ベーコンは分厚く切ってやり、葉物も洗って千切っておく。すぐに炙りたて熱々のパンが回ってくるので、ざくりと包丁で表面を割れば香ばしい香りが立ち上ってきた。焼きたての熱さも何のその、バターを塗って野菜とベーコンをたっぷり挟む。

温めなおしたスープと、グラスに水を用意して添えればおよそ五分で出来上がり。

「足りなかったら言うんだよ」

「ああ」

運んでやれば大口を開ける訳でもないのに大きなひと口でサンドイッチへと齧《かぶ》りついた男に、女将はよしよしと頷いて朝の支度へと戻っていった。

それから暫く経って、太陽も随分と高く上った頃。

「おや、リゼルさん。おはよう、よく眠れたみたいだね」

「おはようございます」

外の部屋のシーツはすっかりと洗って干し終わり、残る一部屋となっていた客室から現れたのは眠そうな目をしたリゼルだった。身支度は整えているものの瞼はいまだ重そうで、よほど夜更かししていたのだろうかと女将は掃除の手を止めながら笑う。

「もうご飯にするかい？」

「お願いします」

「今日はパンとスープとサラダだよ」

「美味しそうです」

眠気で柔らかな目元を更に緩めた相手を食堂へと促す。

この品の良い男が初めて宿を訪れた時は酷く驚いたものだ。何処ぞの貴種を攫《さら》ってきたのではないかとジルに対してあらぬ疑いをかけそうになってしまいそうだった。何せ今でこそこうして気の緩んだ姿を見せているが、出会った当初はとにかく一挙一動が整っていて貴族然としていた。

微笑み以外の表情を見せず、突如目の前に国王が現れようがそのまま対応できるだろうと思わせるほどに悠然として、気品に溢れていた。そんな人物が現れれば勘違いしてしまっても仕方がないだろう。

「ほら、ちゃんと足元を見ないと」

「落ちませんよ」

思わず、といったように可笑しそうに零される笑い声。

今でも品は欠けず穏やかでもあるが、良い意味で隙ができたような気がする。心落ち着ける場所になれたなら女将冥利《みょうり》につきるものだと、彼女は溌剌《はつらつ》と笑いながら声をかけた。

「すぐに用意するからね」

「有難うございます」

「ジルはサンドイッチにしたけど、リゼルさんはそのままで良かったね」

「はい、そのままで」

物にもよるが、具だくさんのサンドイッチは食べるのが難しいとリゼルは言う。

別に零したって誰も何も言いやしないのだが、本人的に何かしら複雑な気分になるのだろう。出したら出したで美味しく食べるので、繰り返す内に慣れるだろうとは思うが。

台所にいるだろう旦那に声をかける。すぐに朝食が用意されるだろう。

「そういえばジル、随分と早く出ていったね」

「そうなんですか？」

先に水を運んでやりながら告げれば、あっさりとした返答がある。

「迷宮にでも行ったのかな」

「リゼルさんは出かけないのかい？」

「俺は昼からです。約束があって」

この宿に宿泊している二人の冒険者は、互いのプライベートに然して興味がない。

確かに依頼を受けに行くでもなければ相手の予定を把握している必要もないのだろうが、よくパーティを組めたなと感心してしまうほどに自由かつマイペースに過ごしている。宿での食事もタイミングが合わなければ共にしないし、一人ふらりと夜に出かけてから翌日まで宿に帰ってこない時も特に気にしたりはしない。

いい年した男同士ともなると当然だし、仲が悪い訳ではないとも知っているので心配したことはないが。意外と旦那が「あいつら仲悪いんじゃないか…？」と気にしたりする。

「おい、できたぞ」

「はいはい」

当の旦那から声をかけられて台所へ。

朝に焼いた木の実入りパンとベーコンと野菜のスープ、半熟卵の落とされた新鮮野菜のサラダをトレーへと載せた。ちなみにパンだけは女将お手製で、今日の朝ジルが出かけた後に焼いたものだ。

「たくさん食べるんだよ」

「頑張ります」

微笑んでひと口ずつ味わい始めたリゼルに、女将はやはりよしよしと頷いて掃除に戻った。

おやつ時には宿の玄関掃除のついでに井戸端会議に参加する。

手にした箒《ほうき》が一切動いていないあたり、どちらがついでかは一目瞭然だがそれはそれ。あちらの店が大安売り、こちらのご家族に子が生まれたからお祝いを、そんなやり取りを交わす大切な日課には変わりがないのだからどちらでも構わないだろう。

特に最近は井戸端会議のネタが尽きることはなく、主婦たちの口も止まる暇なく盛り上がる。

「おやリゼルさん、おかえり」

「ただいま帰りました、女将さん」

早速、ここ最近の話題の中心にいる男が姿を現した。

昼前に徒歩で出かけておきながら、憲兵の総括たる貴族の家紋が刻印された馬車に乗って帰ってくるのだから、相変わらず話題性には事欠かない。非常に慣れた仕草で馬車から降りたリゼルは、御者に礼を告げて女将たち井戸端会議メンバーの元へと歩み寄ってきた。

「あらどうしたの、貴族さま。お腹空いた？」

「昨日クッキーを焼いたのよ、持ってきてあげましょうか？」

「今日は一人なの？　何もなかった？」

若い主婦ならいざ知らず、年配主婦には世話を焼かれがちなリゼルだ。

最初こそ畏れ多いと遠巻きにされてはいたが、ここまで身近な存在になれたのは本人の努力というよりは周囲が慣れたというのが大きい。リゼル本人は至って普通に過ごしているだけに、遠巻きにされるのは可哀想だなと思っていた女将は嬉しそうに笑う。

怒濤の勢いで声をかけられ、目を瞬かせながらも一つ一つに返答をしていたリゼルがふいに腰のポーチを漁る。ポーチに入りきらない大きさの箱が出てくるのは、何度見ていても不思議な光景だ。

「子爵に美味しそうなお菓子をいただいたんです。俺だけじゃ食べきれないし、ジルも甘い物を食べないのでぜひ皆さんに」

「あらっ」

「まー、嬉しい！」

箱の中には目を奪われるくらいに美しい菓子の数々。

きっと貴族御用達の菓子だろうそれに、思わず全員揃って歓声を上げてしまった。

「有難うね、リゼルさん」

「いつもお世話になってるので」

浮かべられた微笑みは清廉で、確かに周囲とは一線を画した雰囲気ではあるのだろう。

しかし女将にとっては客の一人だ。不思議な交友関係を築きながら、時々こうして目新しいものに出合わせてくれる。手本のような食事姿を見せてくれながら、美味しいと声をかけてくれる。だからこそ此方も変に気を遣わず自然体でいられるのだ。

「早速頂こうか、コーヒーでも飲むかい？」

「はい、有難うございます」

井戸端会議はそのまま宿の食堂へ。

美味しい菓子に舌鼓《したつづみ》を打ちながら再開した井戸端会議にはリゼルも極自然に交ざり、最新の王都事情に感心したように目を瞬かせているのにはまだ少しばかり違和感があるが。けれど楽しそうなので、それも些細な問題に過ぎないのだろう。

その日の夜の食堂にて。

「ジル、王都ではこういうのが流行ってるらしいですよ」

「何処で覚えてくんだよ、そんなもん」

タイミングが合ったお陰で夕食を共にとっている二人、その内の一人が昼間に入手した情報を早速披露しているのを眺めて、女将は可笑しくてたまらないとばかりに大きく笑った。

コミックス5巻　書き下ろし短編

表裏のないイレヴンはいつだって素の表情を浮かべる

もう昼にも届きそうな時間、イレヴンは質素な部屋で目を覚ます。

寝起きは大抵機嫌が悪い。というよりテンションが最底辺にある。

「……」

盗賊時代に利用していた拠点の一つ。

拠点は他に幾《いく》つもある。その中には富裕層の住まう中心街の屋敷もあるが、今はリゼルの泊まる宿に最も近い空き家を使っていた。どうせ寝に戻るだけ、それにすら使わないことも多い。更には数か月もすればどうせ、今ある全ての拠点を放棄して新しい拠点を見繕《みつくろ》うのだから、わざわざ環境を整えようという気にもならなかった。

他の盗賊、いや、今は元盗賊か。リゼル曰くの精鋭らが何処で何をしているかは知らないし、興味もない。同じ寝床に戻るような習慣など持たなければ、同じ盗賊だろうが仲間意識など欠片も持たない気狂いばかりなので、拠点で互いに顔を合わせることも滅多になかった。

狂った本能に忠実なだけあって、獣の群れ程度の統率がとれているだけマシなのだろう。

「(そろそろこの拠点も捨てよ……)」

イレヴンは腹の鱗を搔き、昨晩ベッドの傍に脱ぎ捨ててた履物《はきもの》に足を突っ込んだ。結んでいない髪を乱雑に搔き混ぜながら立ち上がる。寝たのが明け方だけあって気だるい眠気が残っていた。

今日はリゼルたちも依頼を受けないというので、いつ寝ようがいつ起きようが自由なのだが。

「（……リーダー的には〝アジト〟か）」

唇が微かな笑みに歪む。

あれほど清廉な雰囲気を纏っておきながら、目的を達成するためには手段を問わない。というより善悪の観念を持たずに最も効率的な手段を選ぼうとするリゼルは、何故か裏側の世界に少しばかりに夢を見ているような発言を時々する。

アジトというものに密かに憧れ、キーパーソンに金貨を渡せば隠された裏酒場に案内してもらえるのだろうと平然と口にし、そこにはアウトローな情報屋がたむろしているのだと信じている。確かにそういう所もあるにはあるが、その言葉に現実味がないものだから表の世界で生きてきたことには変わりないのだろう。

だからこそ、平然とイレヴンたちを使えることが逆に奇妙でもあるのだが。

「（そこが面白いんだけど）」

品行方正でもつまらないし、悪逆非道など食傷気味《しょくしょうぎみ》ですらある。イレヴンは少しばかり上向いた気分のままに立ち上がり、水しか出ないシャワーを浴びに靴音もなく部屋を出た。

イレヴンの食事量はひたすらに多い。

別にひもじさを感じるほどではないが、割とすぐに腹が減るし食べることも好んでいる。寝起きだろうが何でも食べるし、甘かろうが辛かろうが美味しく食べる。好き嫌いは多いのだが。

「おかわりぃ」

「はぁい！」

今日も適当に入った店で皿を積み上げていた。

起きた時間が時間だったので、ちょうど昼飯時にあたったが何を気にすることもない。三皿目を超えてもペースを落とさないイレヴンに何かを察したのか、忙しそうな店員は狼狽《うろた》えることなく了承の声を返して厨房《ちゅうぼう》に向かう。すぐさま料理の盛られた皿を持って戻ってくるあたり、まだまだ食べると思われているのだろう。食べるが。

「大盛りピラフでございます」

「ん」

「あと十皿行けますか？」

「は？　行けっけど」

「なら思い切ってもう一ブロックベーコン頼んじゃいます。残さず食べてくださいね」

「ピラフばっかだと飽きそう」

「色々作りますね、有難うございまぁす！」

店側も逞《たくま》しいものだ。

スプーンの上に持ったピラフに齧りつきながら、イレヴンは白いエプロンをひらめかせながら去っていく店員を見送った。空腹はすでに解消しているも、満腹ではないのでまだ行ける。

いつもいつも十数皿積み上げる訳ではなく、大抵は三、四皿で飽きがくるので店を出て食べ歩いたりもするのだが、まぁ出してくれるというのだから気の済むまで食べ尽くそうと頬張《ほおば》ったピラフを味わっていた。

大ぶりベーコンがごろごろ入ったオムレツ、スパイスたっぷりベーコンポテト、贅沢まるごとベーコンステーキなど、それらを食べ尽くしたイレヴンはやけに達成感に溢れた店員に見送られながら店を出た。

基本的に食休みというものに縁がない。腹ごなしに一人で依頼でも受けに行こうかとも思ったが、今から受けるには時間が中途半端すぎる。大抵の迷宮を踏破している意味の分からない存在、ジルならば腹ごなしに近場のボスにでもとなるのだろうが。本当に意味が分からないし頭がおかしいとしか思えない。流石は人外。イレヴンが勝手に言っているだけだが。

「(そもそも依頼受けずに迷宮潜るっつうのがさ)」

イレヴンも正直、迷宮はそれ関連の依頼を受けて潜る場所だと思っていた。

そうなると色々な迷宮を自身の適正階層まで攻略することになる。自身のランクに見合った依頼を受けていれば自然とそうなるからだ。日々の宿代、食費、迷宮攻略で消耗する装備や備品の元を取ろうと思えば当然であり、それが極々一般的な冒険者の認識だった。

しかし最近知り合った冒険者二人は平然と依頼を受けずに潜ろうとする。とはいえ最近、魔法陣要員としてジルを引っ張っていってボスチャレンジできないか、と考えるようになっただけイレヴン自身も毒されているのだろう。

「お」

ぶらぶらと適当に歩いていれば、ふいに前方に見知った後ろ姿を見つけた。

同じ方向に歩いているので顔は見えないが見間違いようがない。すっと伸びた背筋、そこだけ時間がゆっくりと流れているような歩き姿、記憶とほんの小さな差もない髪色と、それが流れて時折見える鼻筋。何よりすれ違った人々が振り返っては二度見している光景に、にんまりと笑みが浮かべて歩みを速める。

「リーダー」

近付いて声をかけた。

振り返った穏やかな顔が笑みを浮かべ、待つように足を止めてくれるのに気分が上がる。誰にでもそうする訳ではないと知っているからこそ、余計に。優越感にも似たそれを、ただ日常の仕草で感じさせる存在がいるなどイレヴンはリゼルに出会うまで知らなかった。

「何してんスか」

「ギルドに依頼を見に行こうかなと」

「ふぅん。昼飯は？」

「終わってます。まだでした？」

「んーん、俺も食った」

そのまま同行を決めて並んで歩く。

「どんな依頼狙い？」

「どんなのが良いですか？」

「リーダーの良いヤツなら何でも」

「君達はそう言う癖に、俺が選ぶと嫌な顔するでしょう」

心外《しんがい》だ、と言いたげなリゼルこそイレヴンにしてみれば心外だ。

何故ならリゼルが変な依頼ばかりやりたがるから。ギルドが正式に受理したものなので変というほど変な依頼もないが、いや時々本気でよく分からない依頼もあるにはあるが、最下位のFランクや一つ上のEランクには戦闘や採取などの定番から外れた依頼が並びやすい。どうやらそれに興味を惹かれるらしく、リゼルは自身がDランクになろうがパーティランクがCであろうが下位の依頼を受けたがる。

できるだけ高いランクの依頼を受けたがる冒険者の中では異色。これでランクアップに興味がないのなら冒険者の風上にも置けないが、そういう訳でもないので周囲の冒険者の反感は買っていないようだ。

「(変なとこ冒険者らしいからなァ……)」

全くそうは見えない癖に、とは心の中で呟くに留めるが。

実は本人も地味に気にしているらしいのだ。確かに言うこともやることも冒険者ではあるのだが、それ以前に圧倒的に貴族らしいのだからどうしようもない。更には冒険者のあれこれを教えるジルが基本的にリゼルの好きにさせてしまううえ、ジル自身も一般的な冒険者とは言い難いのだからもうどうしようもない。前者についてはイレヴンも人のことなど言えないが。

「リーダーが〝ひたすら石を仕分けする作業〟とか選ばなきゃ大賛成なんスけど」

「楽しそうじゃないですか？」

「全ッ然！」

「やったことないですし」

「俺もねぇけどイヤ」

やったことないモノやりたがるんだよな、とイレヴンは穏やかな横顔を一瞥する。

とはいえ興味を惹く依頼がなければ、パーティメンバーの意向を踏んだ依頼を選んでくれるのだ。

それなら多少変な依頼にも付き合おうという気にもなるし、何だかんだイレヴンもやると決めたら楽しめるタイプなので問題はない。あまりにも退屈そうなら拒否するが。

「どーぞ」

「有難うございます」

到着した冒険者ギルドで、戯れるように扉を開けてみせれば可笑しそうに笑われる。

けれど慣れきったように扉を潜っていくのだから、本当に貴族なのではと思わずにはいられない。

この辺りの事情はジルが知っているらしいが、イレヴンとしては然程《さほど》気にしてはいなかった。今、目の前にいるのならそれで良い。

「依頼、良いのなかったら俺と迷宮行く？」

「あ、良いですね」

あっさりと頷く姿は、少し前まで脳天を狙われていたとは思えない。

これで危機感がないという訳ではないのだから、完全にパーティメンバーと認められたのだろうとイレヴンはにんまりと笑った。パーティ入り前、ただ勝手についていって迷宮に潜っていた時では頷いてもらえなかっただろうなと、そう思えば鼻歌を歌いたい気分だった。


「リーダーがいるとマジで楽」

「それ、ジルも言うんですよね」

結局、これだという依頼は見つからずに二人は近場の迷宮を訪れていた。

リゼルが宝箱からテディベアを出した迷宮だ。イレヴンも途中まで攻略してあったので（そして魔物にあまり手応えがなく早々に飽きていたので）その続きから挑む。

ジルは肩慣らしで迷宮に潜るようだが、リゼルは迷宮そのものに興味があり、イレヴンもパーティでの攻略自体を娯楽《ごらく》にしているので階層が浅かろうが深かろうが楽しめるタイプだ。二人は迷宮の中とは思えぬ和気藹々とした雰囲気で、順調に階層を一つ一つ進んでいた。

「楽っていっても、君たちは俺よりずっと強いのに」

「そういうのじゃねぇんスよ。何つうか、ノーストレス？」

「そうなんですか？」

「道とかもさァ、無駄に行ったり来たりしないで済むし。地図描かねぇでも覚えててくれっし。あっちのやつ面倒くせぇなァって魔物とか先に片付けてくれるし」

ジルやイレヴンはソロで迷宮に潜れるだけの実力がある。

よってリゼルに対しても「いないと困る」という訳ではないのが、言い方は悪いが「いると物凄く便利」だと感じていた。細かいところの足止めがなくなる、煩《わずら》わしい手間がなくなる、手応えがない故に鬱陶しさが勝る魔物に対してもサクサクと気楽に臨《のぞ》める。

人間、楽を覚えたらそれ以前には戻りがたい。きっと今ソロで迷宮に潜れば、当たり前だった煩わしさに苛立《いらだ》ちを覚えてしまうだろう。すでに本能に叩きこまれた後ではあるが、こんなところでもその存在を植えつけずとも良いだろうにと、沸《わ》き起こりそうになる笑声を堪《こら》えながら口を開いた。

「遊びはあんのに無駄がねぇっつうの？」

「俺がどうすれば効率が良くなるかって勝手に考えてるだけですよ」

「まぁリーダーはそッスよね」

「それに、どうすれば迷宮を楽しめるかも」

「知ってる」

顔を見合わせ、互いに笑みを交わす。

何だかんだリゼルは自分が楽しいからやっているし、イレヴンも自分が楽しいから共にいるのだ。相手のためなどと大層なものでは決してない。だからこそ、ただ楽だと思っていられるのだろう。

「なんか甘いモン食べたくなってきた。リーダー飴舐める？」

「有難うございます。これ、何処の飴ですか？」

「お、気になる？　北門の近くに評判の店があんスよ、蜜そのまま固めてるとかで」

「ん、甘くて美味しいです」

「でっしょ」

二人は雑談を交わしながら迷宮を進み、雑談を交わしながら時に襲いかかる魔物を倒し、絶えぬ話題を楽しみながら次へ次へと階層を進んでいくのだった。


リゼルの何が楽かといえば、一番は此方を変えようとしないところなのだろう。

朝起きた部屋。椅子一つない部屋でベッドに腰かけ、イレヴンは退屈そうに目の前に這いつくばる男を見下ろしていた。リゼルとの迷宮攻略で折角上機嫌だったというのに、何とまぁ最後の最後につまらない雑務が待っていたものだ。

「多分こいつが最後の〝知ってる奴〟ですね」

「頭《かしら》ぁ、どーしよ」

男は、壊滅したはずの盗賊団に生き残りがいるという世迷い事を流したのだという。

両脚を潰された相手は痙攣《けいれん》しているかのように体を震わせながら、嚙《か》まされた布の奥で何かを訴えていた。命乞いか糾弾《きゅうだん》か。意味をなさないそれに名をつけるのだとすれば、それは全く耳を傾ける必要のない〝雑音〟でしかなかった。

「連れてくんなよ、こんなモン」

虫のように湧いてくる十把《じっぱ》一絡《ひとから》げの情報屋だ。

そんな有象無象《うぞうむぞう》の声など、公然の権力の前では大した力も持たない。清濁併《せいだくあわ》せ呑《の》んで尚《なお》、平然と笑う子爵位の男がリゼルの案を呑んだということはそういうことだ。壊滅せしめたと彼が言うのならば、確かにフォーキ団は一人残らず壊滅しているに違いないのだから。

イレヴンとて罪人指定を受ける気はないので身バレにはそれなりに気を遣っていた。それなりだが。それでも目の前の情報屋が、何かしらの確信があってイレヴンとフォーキ団を結びつけているはずがない。

「好きに捨てとけ」

「じゃあ俺もーらお。はぁい笑ってー」

すぐに元盗賊の一人が、ゲラゲラと笑いながらナイフを振り下ろす。

くぐもった悲鳴と鼻をつく血の匂い。イレヴンは舌打ちを零しながらベッドに後ろ手をつき、暇を潰すようにその光景を眺めていた。ここが最もリゼルの宿から近かったというのに、これではもう使えない。どうせそろそろ捨てる予定の拠点だったので大した苛立ちはないが、また適当な部屋を用意しなければと残る一人を一瞥した。

「どっか部屋」

「あそことかどうですか、娼館《しょうかん》の上」

「うるっせぇだろ」

「気にせず寝りゃ良いじゃねっすか」

「趣味わりィー」

前髪の長い元盗賊が寄越す血迷った提案に、これだから気狂いはと顔を顰める。

フォーキ団が壊滅したとしてもイレヴンは何も変わらない。盗賊というレッテルが一枚剝《は》がれただけだ。変われと言われた訳でも、そのままで在《あ》れと求められた訳でもない。

盗賊になった理由は退屈しのぎ。しかし今は、退屈など感じる暇もない相手に出会ってしまった。ならば今までもこれからも、好きなように振る舞って好きなようにリゼルの隣にいるだけなのだから。

「リーダーんとこ行こ」

イレヴンは一転、機嫌よく跳ねるようにベッドから立ち上がる。

そして寝床は見つけておくという精鋭の声に返事をすることなく、軽い足取りで血の匂いの充満する部屋を出た。まだ起きてるかなと、そんなことを考えながら。

愛蔵版収録特典短編集

愛蔵版1巻　書き下ろし短編

きっと気が合ったというだけの話

迷宮攻略はジルのライフワークだ。

本来ならば依頼の要件を満たしに必要な階層まで潜るのが冒険者。しかし彼は行き先が被《かぶ》った時のみ依頼を受け、無いなら無いでただ最深層を目指して迷宮を訪れる。

己《おのれ》の腕が落ちないように、あるいは己の腕を高める為に。冒険者最強と呼ばれている事実には興味も感慨《かんがい》もなく、ただ技を磨くことに興味があった。手段が目的となっている良い例である。

今日、訪れているのは既に踏破した迷宮だった。

何せ王都にある迷宮はほとんどが踏破済み。新鮮味には欠けるものの、問題はないと魔法陣を使って真《ま》っ直《す》ぐにボスの元へ。そんなジルの目的は、ただの腕慣らしだった。

見上げた先で首のない処刑人が笑う。

返り血の染み込んだ黒衣を翻《ひるがえ》し、腕を覆いつくして尚余る袖《そで》からギロチンの刃を覗かせる。魔物は数多の断末魔《だんまつま》を鍋で煮込んだようなテノールを響かせながら、クルクルと宙を舞った。

ジルは処刑場に無数に突き刺さる巨大な杭を避けながら走る。

通り過ぎる度、すぐ背後で落ちた刃が石畳《いしだたみ》を砕いては跳ねた。杭は刃を支える柱。処刑人が腕を振り下ろす度に巨大な刃が現れては降ってくる。それは杭を選ばず、一対あれば大きさも様々に襲いかかってきた。

身の丈ほどもある刃を躱《かわ》し、時に杭を斬り捨てながら走る。あまり杭を減らしすぎると再び数多の杭が降ってくるのは経験済み。限界を狙わず、余裕を持って数を残していく。

前回はその杭の召喚《しょうかん》の隙をついて仕留めた。ならば今回は別の方法で。ジルは決してボスという強大な魔物を舐めるでもなく、更なる真っ向勝負を望むかのように好戦的に唇を歪める。

「(どうすりゃ落とせる)」

杭と刃に意識を割きながらも、頭上に浮かぶ処刑人を視界に捉《とら》え続ける。

巨体を持つボスが多いなか、この処刑人の体長は街を行き交う子供と変わらない。それは桁違いな力も圧倒的な耐久力《たいきゅうりょく》も持たないという証明だが、的が小さくて捉えづらいという証拠でもある。

処刑人は打楽器でも打ち鳴らすかのように両腕の刃を交互に振り下ろし、罪人の首を斬り落とそうと奮起《ふんき》する。杭が減るにつれ現れる刃は巨大と化す。逃げ場がなくなるような杭の残し方はしていないが、ジルは敢えて頭上に現れた刃の真下で足を止めた。確かめるように剣を握り直す。

腹の底から膨れ上がったかのような、歪《いびつ》な笑い声が響いた。

見上げた刃は視界を右から左へ横断するほどの極大。金属の滑る音が落ちてくる。目を逸《そ》らさず、剣先を下に両手で剣の柄を握った。濡れたような鈍色《にびいろ》を見上げながら一歩下がり、両脚に力を籠める。

そうして降り落ちる刃が、視界を埋め尽くす寸前。

「ッ」

斬り上げた。

けたたましい金属音が響く。そのまま腕を振り抜く。打ち合ったギロチンの刃が砕け、壊れかけの音をたてながら跳ね上がった。その衝撃に刃を支えていた杭が揺れ、ミシミシと折れそうに軋んでいる。

見上げた先、頂点に押し戻された刃の上に、トンッと処刑人が両足をつけた。まるで分かっていたかのような挙動。処刑人は膝を曲げ、靴裏でギロチンの背を押し込み、杭を外れ天井まで突き抜かん勢いを力づくで止めると、跳ねるように踏みつけた。再度、断罪の刃が落ちる。

反動で処刑人の体が浮かんだ。その時には既に、ジルは刃の下を離れていた。ジルの片手は剣から離れ、ポーチの中へ。取り出す、振りかぶる。無駄のないワンアクションで放たれたそれが、隙を見せた処刑人の腹を貫いた。

刃が石畳を破壊する轟音《ごうおん》。同時に甲高《かんだか》い叫声《きょうせい》。鼓膜《こまく》が揺らされ、ジルは微かに眉を寄せる。

「(致命傷……足りねぇか)」

腹に穴を空け、もんどりうった処刑人が床に落下する。

落ちながらも抵抗され、落下地点はジルからやや遠い。間を置かず肉薄するも、斬りつければ刃の腕で受け止められる。ジルは構わず押しきった。黒衣に包まれた腕が半ばから宙を舞う。

処刑人が転がるように距離をとる。それを許さず追撃する。斬りかかる残った片腕を受け止め、弾き、そして刎《は》ねた。バランスを崩した処刑人へと追い打ちの一閃《いっせん》。致命傷だ。

上半身と下半身の分かれた処刑人が、倒れ込みながらも存在しない頭で笑う。

部屋中にテノールが響き渡った。直後、最期の刃が落下する。誘い込まれていたのだろう。置き土産に残された殺意を一瞥し、ジルは前へと踏み出しながらも剣を持ち上げた。刃と刃が擦れ合う音、滑らせたその力に逆らわずに更に数歩前へ。

ギロチンが床を跳ねる音を背後に、処刑人を象《かたど》った魔物を見下ろした。既に事切れている。

「(こんだけ粘《ねば》んのか)」

ふ、と息を吐いてしゃがむ。

素材箇所は何処だっただろうか。そんなことを考えながら処刑人の黒衣へと手をかけた。

普段は魔物の素材をスルーするという冒険者にあるまじき行いを見せる彼も、流石にボスクラスからは回収するようにしている。売れば莫大《ばくだい》な財産を手に入れられるだろう最高位の素材だ。

ジルはいつか何かに使うかもしれないと手元に残しておくことが多い。とはいえ増えてきたら売りに出すので、彼の資金がどれほどなのかは言うまでもないだろう。本人も正確には覚えていない。

「(槍どこ行った)」

黒衣の中で燦然《さんぜん》と輝く魔力を秘めた宝石を回収し、処刑場を見渡す。

あそこから投げて、魔物を貫いて落ちて。そう予想をつけてそちらに向かえば、壁の近くに転がっているのを見つけた。これも過去に迷宮の宝箱から出たものだ。並大抵の武器ではボス相手に通用しない。

拾い上げ、片手で一度突き出してみる。槍も使えない訳ではないが、最近はもっぱら投擲《とうてき》目的でしか使用していない。今度どこかのボスに使ってみようか、そんなことを考えながらポーチの中へと仕舞いこんだ。

「(加減が難しいんだよな)」

顔を顰め、ガラの悪さが増した顔で思案する。

本当ならば、投げた槍は魔物に突き刺さって止まるはずだった。だが力を込めすぎたせいで貫いてしまった。刺さったままならば、その重さに近くに落ちた処刑人を斬って終わりにできただろうに。まだまだだな、と考えながら歩く。用事を終えた迷宮に用はなかった。朝から潜ったのでいまだ昼にもなっていないが、一度宿に戻ったほうが良いだろう。

「……マジで冒険者やんのか」

ふと、宿にいるだろう出会ったばかりの貴族然とした男を思い出して呟いた。

数日前に出会ったばかりのその男はとにかく奇妙だった。

いや、奇妙というのも違うだろう。在るべきように在るのだし、いっそ在り来たりだと言っても良い。他国で公爵《こうしゃく》でありながら宰相《さいしょう》の地位にも就いていた、そう告げられた身分とイメージは全く違わないのだから。

世界が違うかも、と言われてもピンと来ない。相手の目は二つ鼻と口は一つ、手足が二本ずつに言葉も通じるとくれば、そんなものは行き来できないほどに遠い異国と変わりがない。信じていない訳ではないが、結んだ契約に然して影響を及ぼす訳でもない。ならば考えなくても良いだろう。

どうせ、世間知らずのお貴族様に世間の常識を教えるのには変わらない。

そう思っていたのだが。


「おい」

「あ、えーと……おかえりなさい、でしょうか」

「ああ」


宿に戻り、顔を出すのはリゼルと名乗った男の部屋。

椅子に腰かけ、読んでいた本から視線を上げた清廉な顔が此方を見た。その寸前、開け放たれた窓の外を向いたのは時間帯の確認だろう。

何せこの男、冒険者になるなどと信じがたいことを宣《のたま》ってギルドに登録したかと思えば、その後すぐに立ち寄った本屋でいわゆる〝貴族買い〟を披露。大量の本を手に入れ、直後からわき目も振らず怒濤の勢いで読書を始めた。

ジルとの会話で知識のすり合わせも行っているが、それ以外の時間は全て読書に充《あ》てている。良い大人として自己管理は徹底しているらしく、寝食を忘れるような真似はしていないようだが、それも最低限に留めているようだ。

見知らぬ土地で、まず知識を得ようとする姿勢は間違いではない。だが本屋と聞いて目を輝かせていたのを思うに、ただの本マニアである可能性も高かった。


「昼、食うけど」

「ご一緒しても?」

可笑しそうに微笑む相手に呆れたように頷いた。

結ばれた契約の中には知識の提供も含まれている。時間を惜しんで読書に没頭しているのだから、それも食事のついでに行ったほうが効率的だろう。そんな皮肉を込めた食事の誘いに、気付きながらも乗ってくるのだから大概だ。

実際これまでも、読書にきりがついたタイミングで質問攻めを食らうこと数度。こちらが嫌になるラインを上手く見極めて話を切り上げる手腕は見事のひと言だが、小出しにさせたほうが楽は楽だった。

目の前の男が、閉じた本をテーブルに置きながら立ち上がる。

それだけの動作にさえ、どうにも品を感じさせて仕方がない相手であった。

「こちらの識字率《しきじりつ》はどれくらいですか？」

「国による」

階段を下りて宿の食堂へ。その暇《ひま》さえ無駄にしない質問へと簡潔に返す。

基本的にこの宿では昼食は出ないのだが、面倒見の良い女将と料理好きの主人のお陰で、プラス料金を払えば出してもらえるようになっている。リゼルが部屋に籠もり始めてからはもっぱら宿で三食済ませていた。

とはいえジルはリゼルから頼まれ事がない時は好きに出かけている。同行してほしい時は事前に申し出てくるあたり、貴族にしては気が利いているほうなのだろう。

「全く読めも書けもしない方々はいますか？」

「あー……ここみてぇなでかい街だと少ねぇな。最低限は教えられる。後は読めるけど書けねぇのがそこそこ、読めるの範囲もピンキリ、冒険者ん中だとこれが一番多い」

「なら、読み書きの必要な依頼が狙い目ですね」

「冒険者相手にそんな依頼来ねぇよ」

悪戯っぽく零された笑みに、鼻で笑いながらも意外に思う。

そう、意外にも冒険者業への意欲が非常に高いのだ。登録してから依頼を受けにいく素振りを見せず、ただ身分証目当てだったのかと最近は思い始めていたが認識を改めなければならない。

そもそも、ただ身分証を得るだけならば方法など他に幾らでもあるのだ。貴族として身につけた教養《きょうよう》を生かせば、冒険者になどならずとも上等でまともな職が選び放題だろう。だがそのアドバンテージを全て捨て、リゼルは似合いもしない冒険者を選んだ。

「てめぇは本気で冒険者やりたがってんだな」

「そう言ったじゃないですか」

「普通有り得ねぇだろ」

「そうなんですか?」

純粋に疑問だと、食堂に差し込む光を宿した瞳が向けられる。

そうだろ、と適当に返しながら椅子に腰かけた。宿に戻ってすぐに昼食を頼んでおいたので、じきに運ばれてくるだろう。壁一枚を隔てた台所からも、あちらこちらに歩き回る靴音が聞こえる。

「楽しそうなのに」

「冒険者？」

「はい。君の話を聞くごとに、どんどん興味深くなっています」

「ならさっさと依頼受けろよ」

「もう少し」

ジルは他者から与えられる評価に何の価値も見出《みいだ》さない。

冒険者最強と面白半分で流される噂にも、いつの間にかついていた一刀《いっとう》という二つ名にも然して興味はなかった。それが原因で絡《から》まれることを思えば、いっそ煩わしいとすら言い切れる。

だがしかし、己の実力が周囲とは一線を画している自覚はあった。優越感も自尊心もなく、ただの事実として知っている。そんな己を捕まえて、ひと月という期限まで設けておいて、子供でもできる情報提供しか求められずに放置されているのが現状だ。

「放し飼いが好みか？」

「分かります？」

目元を柔らかく緩《ゆる》め、リゼルが微笑む。

必要な時は呼ぶから好きにしておいでと、そういうことか。あるいは、時間を与えられているのかもしれない。どんな立ち位置を好むのか、選ぶのか、己が出した結論に従おうとでも言うのかもしれない。

それはジルにとって酷い矛盾《むじゅん》であった。人の上に立つことを望まれてきた男が、まさかジル自身に従おうという考えに至るとは予想だにしていなかった。与えられた選択権を、どう使うのが正解なのか。

「はい、待たせたね。たくさん食べるんだよ」

「女将さん、昨日より多いです」

「少ないとすぐに部屋に籠もるんだから、ゆっくり頭を休めていきな！」

運ばれてきた昼食を前に眉尻を落としたリゼルを眺めながら、ジルは一旦思考を放棄《ほうき》して昼食に向き合う。ちなみにその後、頑張ったものの食べきれなかったリゼルの皿を引き受けてやった。


そんな時期もあったな、とジルは嬉々として雑草を毟《むし》っているリゼルを見下ろして溜息をつく。

正式にパーティを組んでも、何かが変わった訳でもない。

結局のところリゼルは心から冒険者を楽しんでいるし、相変わらず暇があれば本を読んでいる。ジルも考えるのが面倒臭くなって好きなように動いていたら、自然とこうなっていた。何一つ手放すことなくリゼルが加わったかのような、違和感のない変移に多少は上手く流されたような気もしているが。

「ほら、ジルも集めてください。折角の薬草採取ですよ」

「お前持ってんのただの雑草だぞ」

「え？」

不満もなければ自分が望んだことにも変わりないので、特に問題はないだろう。

愛蔵版2巻　書き下ろし短編

スタッドは慣れない思案を始める

己の全盛期は過去にある。

朝靄《あさもや》もいまだ幽《かす》かな夜明け前。ギルドの二階で買い置きのパンを食べながら、スタッドは何の脈絡もなくそう考えた。いや、全く脈絡がない訳ではない。リゼルのランクアップを祝った日、翌朝に聞かせた己の過去はあまり歓迎されない部類であっただろうに、何を咎められることもなく受け入れられた。それが数日前のこと。

それに安堵を感じこそすれ、喜びはしなかった。スタッドにとっては然したる価値のない過去だ。ギルド長に勧誘される前の記憶は曖昧で、金のやり取りがあった相手さえ碌《ろく》に覚えていない。そんなものの所為でリゼルに拒否されることなど在ってはならないからだ。

それでも、今思えば。感じたことのない不安などという、そんなものを抱いていたのだろう。寝起きのリゼルに淡々と過去を語ったのは、聞かれてもいない言い訳を立て続けに口にする子供のようだった。その結果、説明は二周したが。

「(きっと、あの頃なら)」

作業的にパンを飲み込み、自ら淹《い》れたコーヒーをゆっくりと口にする。

そうしながら、きっとギルド長に雇われる前の自分なら、あの夜にもっと上手く動けたのだろうと思った。リゼルに己が消えたことも悟らせず、襲撃者の存在すら気付かせず、祝いの席を楽しく終えて、何事もなかったかのようにのんびりと共に帰路につけたはずだ。ジルには気付かれただろうが、それはどうでも良いので置いておく。

だが、そこまで考えてふと気付く。それでは褒めてもらえないではないかと。

影の善行に意味などない。少なくともスタッドは、そんな報われない真似はしたくなかった。よくやったと褒めてほしいし、上手くできたと頭を撫でてほしい。襲撃の翌日にも、「スタッド君は速く動けるんですね」「屋根の上に俺も飛び乗れるようになりたいな」とリゼルは目元を甘く融かしながら褒めてくれたのだ。

それを貰えなくなるのは避けたい、とスタッドは三個目のパンに齧りつく。

「(なら、あの頃を取り戻す必要はない)」

こうしてスタッドは、非常に前向きな心で全盛期を手放した。

とはいえ、いざという時にリゼルの期待に応えられる程度の腕は維持しなければ。

求められているのはギルド職員としての自分。ギルド職員の荒事担当、というだけにしては過剰な実力を持つスタッドも、流石にSランク冒険者には引けを取る。個々の相性にもよるが、良くて相打ちに持ち込めるかどうか。ギルド相手にやらかすような冒険者がSランクに上がれるのか、そんな大前提はひとまず置いておくこととする。

「スタッド君、指名の対応お願いして良いかしら」

「分かりました」

全体的な忙《せわ》しなさはないものの、別の依頼人の対応に追われている職員の言葉に席を立つ。

もう何百と重ねた業務だ。必要な書類を用意して受付カウンターへと向かい、所在なさげに立っている依頼人へと定型文を口にする。初めて依頼を出すのだろう。スタッドにはよく理解できないが、大抵の依頼人は初回、荒くれ者だらけの冒険者ギルドに入るのを戸惑う者が多い。

慣れてくると職員と長話する余裕も出るのだが。今も隣の席では若い職員が一人、同じ年頃の依頼人を相手に世間話に興じては大笑いしている。視線も向けずに椅子の脚を蹴って黙らせた。

「指名依頼をご希望の方にはこちらを――」

そんな足元を依頼人には気付かせず、淀みなく決まり文句を口にしていく。

口と手を動かしながらも思考は先程の試行錯誤へ。今の実力を維持するにはどうすれば良いか。日々、ギルドで暴れる冒険者を黙らせ、違反して逃亡する冒険者を追い詰め、あらゆる罰金を出し渋る冒険者から取り立ててはいるが、そんなものはただの事務作業の一環に過ぎない。どれも使う労力は似たようなものだ。

そもそも自身の腕はどれほど鈍っているのか。最近は思いきり体を動かすことが少なかった。先の襲撃犯への反撃が、およそ数年ぶりの全力だろう。思ったよりも動けたような気も、思った以上に動けなかったような気もする。酔っぱらっていたからかもしれないが。

ともあれ、一度素面《しらふ》で体を動かす機会があれば良いのだが。

「指名する相手の名前が分からない場合は、どう？」

「個人を判別できる程度の特徴が分かれば職員が該当する冒険者を探します」

「そ、そうか……その、女性の冒険者なんだが」

スタッドは瞬きのない、無感情な瞳で依頼人を見た。

中肉中背の男、裕福には見えない。女冒険者を指名するのは大抵が女の依頼人だ。特に日を跨いでの護衛依頼では、必ずと言って良いほど同性の依頼人が指名される。とはいえ女冒険者自体が非常に少ない。よって依頼人と信頼を築くことが得意な、人当たりの良い男冒険者たちが護衛依頼では引っ張りだこになる。

ならばその逆、男の依頼人が女の冒険者を指名することはあるのか。

こちらは滅多にない。何度か依頼を受けてもらって信頼が置けた、という理由ならばあり得るだろう。女冒険者にというよりは、その冒険者が所属するパーティにという場合だが。女冒険者が珍しすぎる故に、指名依頼を出す際の分かりやすい目印として使われるケースだ。

逆に言えば初回で女冒険者を指名するのは大抵、不純な動機を孕《はら》んでいることが多いので。

「現在王都のギルドに所属する女性冒険者は、魔物の脳味噌をかち割るのが得意な手斧使いが一名、一射で魔物の両眼球を破壊するのが得意な弓使いが一名、魔物の頭を狙うと何故か股間を爆破させてしまう魔法使いが一名です。該当する冒険者がいましたらこちらに記入を」

「……もう少し、考えて出直しても？」

「またのご利用をお待ちしております」

スタッドは全力で相手の下心を折った。

正直、スタッドに依頼人の心の機微など分からない。下心があるかないかの判別もできない。だが今の説明に頼もしさを感じないのなら、冒険者ギルドを利用すべき案件ではないのだ。やや暴論だが、ここは実力が全ての冒険者ギルド。今まさに肩を落として出ていった依頼人は、そのあたりの覚悟も理解も足りなかったらしい。

手の空いた隣の職員が、肩を竦めながら口を開く。

「純粋な一目惚れっぽいけどなぁ」

「指名の理由としては不純でしょう」

「ははっ、そりゃそうだ。姉さん連中もどうせ断るし？」

軽口に淡々と返しながら、中途半端に記入された依頼用紙を処分する。

受け手のいない指名依頼の手続きなど時間の無駄でしかない。女冒険者はこういった理由での指名を嫌がるのだ。曰く「期待に応えてやるのも疲れるし、期待を外してやった時の反応もムカつく」とのこと。どちらに転んでも損しかないので、よほど報酬が高額かつ、パーティメンバーになりふり構わず請われなければ断るのが常だった。

残った書類を手に立ち上がる。記入のないものは再利用できる。

「お、ジル氏」

職員の声を背に棚へ向かい、少し皺《しわ》の寄った用紙を伸ばしてから片付けた。

その時、ふいに思いつく。思いきり体を動かすのに丁度良い相手がいるではないか。本来ならば、もう昼食休憩に入っていてもおかしくはない時間帯。ただ外に出る用もないので、仕事をしながら適当に何か摘もうと考えていた。

ならば良いだろう、と襟元のギルド紋章を外す。指名依頼の対応を頼まれた職員に、すれ違いざまに感謝を伝えられた。それに頷いて、休憩に入る旨を伝えれば快く送り出される。

そして受付カウンターの外へ。先程まで隣に座っていた職員に二度見されながらも、今まさに依頼の終了手続きを行っているジルの真後ろに立つ。そのまま手続きが終わるのを黙って待つこと二分弱。

「……何だよ」

手続きを終えたジルが怪訝な色も露に振り返った瞬間、動いた。

魔力を手繰り寄せ、手の中に氷のナイフを作る。振りかぶるより前に横殴りに砕かれた。握力を込める寸前の手の中に破片が散る。構わずナイフの軌道を描きながら破片を浴びせ、背後に隠していたもう一本のナイフで目の前の首を搔き切った。

だが、ナイフは宙を斬る。破片は半歩ずれて避けられた。そこを狙ったナイフは仰《の》け反《ぞ》るように避けられた。狩りを直前にした狼のような両眼が射抜くようにこちらを見ている。あるいは、少しばかりの呆れを含みながら。だが気に掛けることなく、相手の視界を搔い潜るように背後へ。

そして背後から肋骨《ろっこつ》の隙間に薄い刃を通そうと――。

「だから何だっつってんだろ」

思惑は成らなかった。

死角をとってのすれ違い様、同じ側の手に後頭部を摑まれる。薄いグローブ越しの掌が首筋を握り、背後に回ろうとした勢いを利用され、そのまま受付カウンターに押さえつけられた。頬に当たる木目、その冷やりとした温度を感じながら、止めていた息を静かに吐き出す。

別段、悔しさもなければ憤りもない。常と変わらぬ無感情な眼差しで、自らを押さえつけている相手を見た。急所を握る手はいまだに離れず、動けないものの跡も残らないような絶妙な力加減だ。それはきっと、スタッドがリゼルのものだからに外ならない。全く以て異論はない。

「最近、全力で動けていなかったもので」

「……」

心底呆れたような目をして手を離される。襟元を正しながら体を起こせば、目の前に座る職員が目を丸くしていた。ジルとの手合わせが数秒にも満たなかったせいか。何が起こったのか分からない、と言わんばかりに目を剝いた顔を一瞥する。

ギルドでの乱闘は度を越さなければ放置。それが基本なのだから、気にせず仕事に戻れば良いものを。

「あいつはそんなもん、てめぇに求めてねぇだろ」

「知ってますが」

低く微かに掠れた声に、振り返りながら分かりきった答えを返す。

「けれどあまりに衰えたままであの方に必要とされるのは私が嫌なので」

視線の先で、ジルが諦めたように視線を投げた。

何を言っても無駄だと理解しているからだろう。何故なら同じ穴の貉《むじな》同士。互いに、たとえリゼル本人に拒否されようが確立したい自己があることを知っている。つまり自分がそうしたいから動くだけであり、特にリゼルのためだとかいう親切心などではない。結果的にリゼルのためになるだけの、ただの自己完結に過ぎなかった。

「やってみて何ですが正面きっての戦闘はあまり得意ではありません」

「あれは不意打ちだろ」

姿を見せてから斬りかかったのだから堂々としたものだろうに。

スタッドはギルドから出ていく黒衣の背を見送ることなく、さて定期的に腕が落ちていないか確認するにはどうすれば良いのかと思案する。ギルドでは冒険者同士の乱闘を、ある程度は見逃すものの推奨している訳でもない。よって毎度毎度ジルに斬りかかる訳にもいかないだろう。

暫くそうして考えていれば、コーヒーでも飲んでくれれば、とさりげなく外へ追いやられた。

結論として、昔と似たようなことをすることにした。

流石に頼まれてもいないのに人を殺すような真似はしない。代わりに、絶好の練習台を見つけたのでそれを使うことにした。それらが相手ならば、たとえ手が滑っても大した問題にならないだろう。

それなりに気配に敏《さと》く、それなりに背後を取るのに技術が必要で、特に説明がいらない相手。リゼル曰くの精鋭。何の精鋭なのかは、予想がつかないこともないが興味もない。だが最近、リゼルの周りを一人二人うろついているのでちょうど良いだろう。

「ぅおッ、びびったぁー……」

「……」

「え、何、怖……」

リゼルと会う直前にそれらを見つけては、無言で背後をとって何も言わずに去ること数度。

大抵、二秒も経てば気付かれる。だが二秒あれば何をするにも十分だろう。自分もなかなか捨てたものではないなと満更でもなかった。ちなみに今まさに背後をとっていた前髪の長い男は普通に驚くだけだが、相手によっては爆笑されたり錯乱されたり挨拶されたりする。

とはいえスタッドが何を気にかけることもない。すぐにリゼルに会えるのだと思えば、もはや記憶にも残らない些細なことだった。ちなみにこの一連の行動は、陰で精鋭たちに〝殺す殺す詐欺〟と呼ばれている。

「お待たせして申し訳ございません」

「いえ、待ってませんよ。今日は何処の店に行きましょうか」

今日はリゼルと夕食の約束をしていた。

スタッドは常と変わらぬ無表情のまま、微かに浮ついた心を自覚することなく隣を歩く。これらの特訓をリゼルに悟らせる気はない。敢えて口にしないだけで特別隠している訳でもないが、精鋭にさえ気付かないリゼルが知る機会は訪れないだろう。それで良かった。

「貴方が一番気に入っている店に行きたいです」

「なら、そうしましょうか」

向けられる微笑みに、スタッドは今日も満たされているのだから。

ドラマＣＤ収録特典短編集

ドラマCD1　書き下ろし短編

浮かれた迷宮によるお祭り騒ぎ

目が覚めたら、目の前に一枚の紙が浮いていた。

全く以て訳の分からない状況だ。ジルは寝起きで上手く頭が回らないながら、咄嗟《とっさ》にそれを握りつぶす。空飛ぶ本が存在するのだから、空飛ぶ紙が魔物でもおかしくはない。

覚醒《かくせい》しきらない視界を、眉間《みけん》に皺を寄せて回復させる。上体を起こし、前髪を掻き上げ、ガラの悪さを一層深めた顔で握り締めた紙を見下ろした。

「…………何だこれ」

それ以外、言い様がなかった。

掌を開き、丸まった紙をごそごそと広げる。そこには〝迷宮アンケート〟の文字と、その表題のままに迷宮に関する幾つかの質問が並んでいた。皺だらけの紙は何もしていないにもかかわらず、徐々にピンと綺麗な状態に戻っていく。

「……」

ジルは深く溜息をつき、再度ぐしゃりと紙を握りつぶした。

誰かが置いて行ったならば気付かないはずがなく、そもそも目の前で浮いていたことからして理解不能。更には不自然すぎる復元能力。間違いなく迷宮案件だろう。いまだかつて似たような状況に出合ったことなど一度もないが、迷宮ならば何があってもおかしくはない。迷宮だから仕方ない。

ジルは丸めた紙をゴミ箱へと放った。だが綺麗な弧《こ》を描いて落下するはずのそれは、空中で止まったかと思えば徐々にその身を開き、元の綺麗な姿を取り戻すとスゥッとジルの目の前に戻ってくる。

「…………」

物凄く邪魔《じゃま》だ。

ジルは荒《すさ》んだ目をしながら立ち上がり、諦《あきら》めたように身支度を始めるのだった。


危険はないだろうが一応、と上着以外の装備を身に着けてジルは廊下に出た。

するとちょうど、階下を宿主《やどぬし》が通りがかる。彼は気付いたのかこちらを見上げ、そして挨拶の一つでも投げかけようとした口をぽかんと開けた。

「うわ……紙浮いてる……」

他に言い様がないのは不本意ながらジルも認める。

眼前から、何とか頭の横に移動させた紙に視線が注がれているのを感じつつ、ジルは微かに顔を顰めながら通路を歩いた。数歩歩くだけで目的の部屋には辿り着く。

そして、ノックをせず扉を開けた。どうせ部屋の住人はまだ夢の中だろう。

「……やっぱか」

ベッドに埋もれ、向こう側を向いてぐっすり眠っているリゼルの頭の上。

そこには全く同じ紙が一枚、ふわふわと浮いていた。

「おい」

放置してペナルティがないとも限らない。

起こしてさっさと解決させよう、とジルは声をかけながらベッドへと歩み寄った。自身の周りに浮かぶ紙がいい加減鬱陶しくて仕方がないというのもある。

ベッドのすぐ横で立ち止まり、ふとリゼルの上に浮かぶ紙へと手を伸ばしてみれば、まるで霧に触れたかのように通り抜けてしまう。自分の紙にしか触れられないのかもしれない。それに何の意味があるかは知らないが。

「おい、起きろ」

薄い毛布に包まれた肩に掌をあて、微かに揺する。

少しばかりぐずるように、一瞬だけ頭が毛布へと沈んだ。だがすぐにもぞもぞと仰向《あおむ》けになったリゼルが、観念したように薄っすらと目を開ける。

「……………紙、ういてますよ」

「お前もだよ」

リゼルは数度目を瞬かせ、視線を泳がせる。

すると自身の真上に浮かぶ紙を見つけたのだろう。手を伸ばし、指先でなぞりながら感触を確かめ、寝惚《ねぼ》けているが故《ゆえ》の幻でないことを確認した。摘んで眼前まで持ってくると、眠気の残る声色で告げる。

「迷宮あんけーと」

「ああ」

「迷宮？」

「多分な」

それをリゼルがぼうっとそれを眺めること数秒。

恐らく二度寝して問題ないかを考えているのだろう。どうするのかとジルが眺めるなか、もそりと起き上がり、欠伸を堪えたのか目を伏せた。その睫毛《まつげ》が一瞬だけ震える。

「……起きます」

「食堂いるからな」

放置すると大侵攻を起こす迷宮だ。同じように、気付いたのに放っておくのはリスクがあると考えたのだろう。涙の滲《にじ》む瞳を瞬かせながらベッドから足を下ろすリゼルに、ジルはそれだけ告げて部屋を出た。


「……それなんで紙浮いてるんですか？」

「知らねぇよ」

「え、怖……」

食堂の椅子に座ったジルが、何とも言えない宿主の視線を受けながら待つこと少し。

「これ、位置は変えられるんですね」

頭の後ろに紙をふわふわさせた、私服のリゼルが食堂に姿を現した。

その姿に宿主は真顔になっている。迫真の真顔だ。浮遊する紙を引き連れた客に挟まれた宿の主人は皆きっとこうなるのだろう。ジルがひとまず朝食を促《うなが》せば、ぎこちないながら動き出したので辛うじて思考は働いているらしい。

「宿主さんにはないですね」

「冒険者しか出てねぇんじゃねぇの」

「じゃあ今頃、ギルドは大騒ぎでしょうか」

目が覚めたら目の前に紙が浮いている。ホラーでしかない。

迷宮でのあれこれに慣れている冒険者でも、思わず悲鳴を上げてもおかしくはないだろう。間違いなく「迷宮かぁ……」と早々に冷静になってアンケートに答える者と、「迷宮だろうが訳分からん怖い」と同士を求めてギルドに突撃する者とに分かれるはずだ。

「その名のとおり、迷宮からのアンケートってことで良いんでしょうけど」

リゼルはジルの向かいに腰掛けながら、頭の後ろに浮かべていた紙を手に取った。

手にしてみれば、それは普通の紙と変わらない。机の上に広げてみようが、ひらりとも動かなかった。

「問題は、何処の迷宮についてかってことなんですけど」

「これじゃ判断しようがねぇな」

「ジルが言うならそうなんでしょうね」

二人は片や少し楽しそうに、片や少し嫌そうにアンケートを見下ろした。

①貴方が迷宮に求めるもの
②貴方が迷宮に求める仕掛け
③貴方が迷宮に求める罠
④貴方が宝箱に求めるもの
⑤貴方にとって迷宮とは？

「五番が完全に遊んでんじゃねぇか」

「迷宮にとっては死活《しかつ》問題かもしれませんよ」

迷宮に人格も何もないのだが、絶妙に空気を読んでくる仕様の所為《せい》で冒険者はこういう言い方をする。冒険者あるあるだ。

「多分、アンケートに答えると消えるんですよね」

「じゃねぇの」

宿主が浮かぶ紙を露骨《ろこつ》に避けながら朝食を運んでくる。

テーブルに並べられたのはパンと野菜たっぷりのスープ、そしてパンに載せてもそのまま食べても美味しいチーズやベーコン。そして冷たい水の入ったグラス。なかなかの定番メニューだった。

「答えるだけで済むと思うか？」

「次に潜った迷宮に変化がある、とかですか？」

「なくはねぇだろ」

「んー……」

ごゆっくり、と浮いた紙を凝視《ぎょうし》しながら去って行く宿主を気にせず、リゼルはグラスを手に取った。指先に伝わる冷たさが心地良く、ゆっくりと指を滑らせていく。

「どの迷宮に潜っても適用、っていうのは想像できません」

「そこは迷宮だからで済まねぇのか」

「だって、何を書くかは冒険者の自由ですよ」

リゼルはグラスに滲んだ水滴を指に載せ、テーブルに置かれた紙へと滑らせた。

それは幾つもの小さな水滴となり、文字すら滲ませることなく紙面に残る。流石は迷宮仕様だ。

「迷宮の雰囲気に反するものだったら嫌でしょう？」

「お前がか」

「俺も、です」

つまりは迷宮もそうに違いないと。

あっさりと告げるリゼルに、ジルは納得せざるを得なかった。一面が砂漠の迷宮に水路の仕掛け、火山の迷宮に極寒《ごっかん》の罠、造形にこだわりのある迷宮がそれらを許すとはとても思えない。

「新しい迷宮のためのアンケートっていうほうがあるかもしれません」

「新しすぎんだろ」

ジルも頭の横に浮いている紙を摑み、テーブルへ置いた。

「回答しなきゃ消えないでしょうし、ひとまず答えて良いと思いますよ」

「ん」

その前に、取り敢えずは朝食を済まそうと二人がフォークへと手を伸ばした時だ。

開けっ放しの食堂の扉、その向こうから勢いよく扉の開く音が二つ続いた。同時に、不満げな声も。

「いねぇし！」

「あ、イレヴンにしては早起きですね」

どうやらイレヴンも起きたらしいと、リゼルはチーズを食みながら扉を見る。

例に漏れず、起きて早々に目の前に浮かぶ紙を目撃したのだろう。心配してくれたのなら嬉しいことだと微笑《ほほえ》んでいると、すぐにイレヴンが食堂に姿を現した。その表情は窺えなかったが。

「あ、いた。リーダーこれ何……俺だけ!?」

「いえ、俺たちのはここに」

「何それ置けんの」

イレヴンの紙は顔面に張りつくように浮いていた。

彼は握り潰さんとするようにそれを引っ張っていたが、紙は意地でもその位置をキープする。何か怒らせたのだろうか。リゼルも思わずそう疑ってしまうような光景だった。

「全ッ然離れねぇんだけど」

「好かれてんじゃねぇの」

「んな訳ねぇじゃん。見た瞬間キモすぎてぶん殴《なぐ》ったら息の根止めようとしてきたし」

それだ。

「で、これ迷宮案件？」

「その件《くだり》もう終わった」

「起こせよ！　何でニィサン俺のことは起こしてくんねぇの⁉」

リゼルの隣に腰かけながら、イレヴンはぶつぶつと不平を漏らす。

その声が届いたのだろう。恐る恐るキッチンから顔を覗かせた宿主が、顔面スレスレで紙を浮かばせているイレヴンを見てドン引きしていた。同時に、冒険者も大変だなと少しばかりの同情も。

「ほら、イレヴン。ひとまず朝食にしましょう」

「これあると食べれねぇんスけど」

「謝ったら許してくれるんじゃないですか？」

「は？」

イレヴンがリゼルを向いた。とはいえ、リゼルからは四角い紙しか見えないが。

「紙に？」

「紙に」

「マジで？」

「おら、謝ってみろ」

「ニィサンうっぜぇ…………殴って、すんませーん」

ふわりと紙が宙を滑り、適正距離へ。

取り戻した万全の視界でイレヴンが見たものは、よく謝れましたとばかりに微笑ましそうなリゼル、よく謝れるなとばかりに鼻で笑うジル、そして朝食を並べながらも見てはいけないものを見たとばかりに目をそらす宿主だった。後の二人に殺意が湧く。

「死ぬほど食ってやるから覚悟しろよ」

「俺に来ます⁉︎」

イレヴンはひとまず手軽な宿主に八つ当たりした。

だがこれで、ようやく三人揃って無事に朝食にありつける。キッチンへと駆けこんでいく宿主の背を見送り、それぞれ食事の手を動かし始めた。まだ早朝だというのに、朝から色々あったなと既に感慨に耽りそうになる。

「そんで、これ答えるしかないんスよね」

「そうでしょうね」

「答えたモンが俺らに返ってくんなら面倒だよなァ」

「その件ももう終わってる」

「だから起こせっつってんじゃん！」

何故自分だけハブるのかと不貞腐《ふてくさ》れたイレヴンがスープを飲み干し、その具も口へと掻き込んだ。

そして宿主へとおかわりを叫《さけ》ぶ。そのあまりの早さにキッチンからは悲鳴が返ってきた。

「もう全部〝なし〟で良いんじゃねぇの」

「迷宮がそれを許してくれるかどうかですね」

「書いてみる？」

言うや否や、イレヴンは軽い足取り食堂を出た。

彼は玄関にある小さなカウンターからペンとインクを拝借《はいしゃく》して戻ってくる。再び椅子に腰かけながら、雑多にアンケートへと書き込んだ。上から順番に、全てを〝なし〟の一言で埋めていく。

「あ、やっぱ無理っぽい」

インクが紙面に吸い込まれるように、書かれた文字がまっさらに消えた。

「何かは書かなきゃ駄目なんですね」

「どうせ適当に嘘《うそ》書いても駄目なんだろ」

「つっても普通、仕掛けも罠も求めねぇし」

「もし自分が迷宮を作るなら、っていう視点が求められてるのかも」

ああ、とジルもイレヴンも頷いた。

冒険者が考える、対冒険者を想定した仕様。このアンケートがどこかの既存《きぞん》の迷宮から与えられたものか、新しい迷宮のためのものかは不明だが、そういった特性を持つ迷宮があってもおかしくはない。ある意味では、理に適っていると言えるだろう。何かが間違っているような気はするが。

「じゃあ①の、迷宮に求めるものは？」

香ばしく焼けた平たいパンに、チーズとベーコンを載せながらイレヴンがにやりと笑う。

リゼルたちの回答が気になるのだろう。答えを待つように齧りついては咀嚼している。

「戦闘」

「強敵じゃねぇの？」

「仕掛けで難易度上がんのもたまには楽しめるだろ」

「たまにっていうところがジルですよね」

武器の使用不可、手などの拘束、身体能力の低下など、癖のある迷宮は多種多様な妨害《ぼうがい》を仕掛けてくる。そういった状況ならば、普段は一撃で終わるような魔物相手でも楽しめるということだろう。

リゼルにはあまり理解できないが、イレヴンは共感するように頷いている。

「俺は何つうの、娯楽？　楽しけりゃ何でも良い」

「てめぇの楽しみ方は物騒《ぶっそう》だろうが」

「スリルとか書くべき？」

何ともスムーズにパンを喉へと流し込んだイレヴンが、ケラケラと笑いながら空《から》の皿を指で弾く。直後、それを予期していたかのように素早く宿主が姿を現した。スープと一緒に山盛りのパンとチーズ、もはやステーキと呼ぶべき大ぶりのベーコンが運ばれてくる。

「お前は」

「俺ですか？」

ひぃひぃ言いながら空いた皿を回収していく宿主を眺めながら、リゼルはふと考え込んだ。

ほとんどの冒険者は、迷宮に求めるものを依頼達成のために必要な品だと答えるだろう。だがジルたちと行動を共にするリゼルは、依頼に関係なく迷宮に潜る機会が多い。だがそれは、二人が特定の魔物やボスとの戦闘を求めるからであって、リゼル自身の強い望みかというと違った。もちろん、疑いようもなく楽しんではいるが。

よってそれを記入したとして恐らく受け入れられはしまい。ならば、と唇を開く。

「迷宮、でしょうか」

「あ？」

「迷宮自体を楽しんでるので……いえ、答えとしては変ですね。攻略か、踏破でしょうか」

うん、とすっきりしたように頷くリゼルを、ジルたちは思わず食事の手を止めて凝視する。

全くもって冒険者らしくない癖に、冒険者としての模範《もはん》解答に近いだろう回答が出るのは何故なのか。二人はそう思わずにはいられなかった。いや、本人は真剣に冒険者をしているので心意気《こころいき》としてはおかしくないのだろうが。

「リーダー以外が言えば、迷宮に媚《こ》び売ってんじゃねぇよってなんだけど」

「まぁ間違いなく本心だしな」

呆れたようにソーセージを噛み潰すジルに、イレヴンも愉快げに目を細め同意を示す。

「②の、仕掛けはどうですか？」

折角《せっかく》だからと、チーズとベーコンをフォークで刺しながらリゼルは話題を続けた。

「これが嫌っつうのはすぐ出んだけど」

「自分が食らうのかと思うと出ねぇよな」

それぞれ、順調に朝食を進めながら思案する。

そもそも今まで目にしてきた迷宮のギミックが多すぎる。もはや出尽《でっ》くしているのではと考えてしまうほど、さまざまな仕掛けがあった。新規の案をひねり出す必要はないのかもしれないが、それはそれ。目新しさに欠けるのはあまりにも芸がない。

「じゃあ、俺たちの誰かに仕掛けるとしたら？」

可笑しそうに告げたリゼルに、それならばとジルとイレヴンが答える。

「リーダーでも三日三晩悩むような暗号」

「ちょっとやってみたいです」

「こいつ以外通れねぇだろ」

実際、年単位をかけて古代言語を解き明かしたリゼルだ。三日三晩程度ならば娯楽の範囲内。宣言どおり心なしか心躍《おど》らせているリゼルに、ジルが勘弁しろとばかりに溜息をつく。

「ならニィサンは？」

「自分対自分」

「スライムだと弱体化しますしね」

「それ偽ニィサンがこっち来た瞬間死ぬんだけど」

確かに迷宮ならば、何かしらの方法で実現可能だろう。

強さを求めるジルにとっては、全力で戦える理想の仕掛けだ。挑《いど》む時は一人で挑んでほしいけど、リゼルもイレヴン同様に思わずにはいられなかったが。流石に太刀《たち》打ちできない。

「じゃあ、リーダーは？」

「空とか飛んでみたいです」

「あー、そういうのもアリかァ」

「飛んできたじゃねぇか」

「魔鳥車《まちょうしゃ》に乗ってたじゃないですか。自分だけでこう、ふわっと」

魔鳥の背に乗って感じた空の近さ。全身に風を受け、飛び回る特別な非日常。

それを体験してから、リゼルは地味にそういった迷宮がないかを探していた。今までにも空中庭園のような迷宮はあったが、庭園内で地に足をつけての攻略だ。アスタルニアで水中の迷宮に出会ったのだし、と最近は特に胸を期待で膨らませている。あの感嘆を、もう一度抱きたかった。

「どうやって飛ぶんだよ」

「飛び損《そこ》ねたら落ちんじゃねッスか」

「空中戦とかやりにくそうだな」

「踏ん張り利《き》かなそう」

「二人とも夢がないですね」

やや拗《す》ねた。

「おら、③」

そんなリゼルを窘《たしな》めるように、ジルがグラスを持ちながら紙を指先でノックしてみせる。

「次は求める罠ですね」

「リーダーなら何仕掛ける？」

「やっぱり定番が来ると嬉しいです」

罠を喜ぶな、とはジルもイレヴンも口にしない。今更だ。

「落とし穴？」

「そこら辺にあるだろ」

「ほら、大玉が転がってくるのとか」

「あー」

ありそうでない、時々噂で聞く。そんな罠だろう。

納得の声を漏らす二人に、リゼルも満足そうにパンを食む。表面はパリパリ、中はもちもちの宿主手製のパンだ。本人が度々言うように味自体は普通なのだろうが、焼きたてはそれだけで美味しく感じるのだから不思議だ。

「ニィサン大玉見たことある？」

「ある」

「俺もある」

「どうでした？」

「普通に手前の隙間まで走って逃げたッスね」

「俺も」

リゼルとイレヴンが思わずジルを見る。

「受け止めたんじゃなくて？」

「棘《とげ》とかついてました？」

「それ転がらねぇだろ」

受け止められる前提で話すのを止めろ、と顔を顰めたジルがリゼルの皿からソーセージを奪う。どうせ足りなくなることはないからとリゼルはそれを笑って見送り、ならばと隣を見た。

「イレヴンはどんな罠が良いですか？」

「ニィサン仕留《しと》められんの」

「おい」

「そんな罠あんなら見てみたいってだけぇー」

「分からないでもないです」

たとえ転がる大玉を真正面から受け止めようが驚かない。ジルに対してそんなイメージを持つ二人は、一体どんな罠ならばジルを窮地《きゅうち》に落とせるのかと地味に気になっている。

だが、実際にそんな罠があっては誰も突破《とっぱ》できなくなってしまうだろう。

「でも、どうやっても突破できない罠って迷宮にないんですよね」

「微妙に親切なんスよね」

冒険者側の実力不足は別だが、パーティ内に深刻な被害が出るような不可避の罠は存在しない。それを思えば、イレヴンの仕掛ける罠のほうが余程えげつないだろう。彼は魔物すら罠で狩る父親譲りの技術を以て、盗賊時代には相当好き放題していたという。不可避など序の口だ。

「ニィサンは？」

「あ？」

「罠」

好き勝手に話す二人を気にかけず、黙々《もくもく》とパンを食らっていたジルが顔を上げる。

「魔物が出てくる系」

「好きそー」

「あ、あれですね」

えーと、と思い出すようにリゼルは告げる。

「スライム責め?」

ジルとイレヴンは一瞬だけ静かに視線を逸らした。

何故忘れてくれないのか。その優れた知識欲と記憶力が今だけは憎かった。いや、決してリゼルは悪くないのだ。言っていることも間違っていない。ジルが大量のスライムに襲《おそ》われたのは確かであり、猛攻撃を受けたのも確かであり、それを延々《えんえん》と斬り倒していったのも確かだ。冒険者として、危機的な状況には間違いない。

それに何故か下世話《げせわ》なイメージを抱く男冒険者一同がおかしいだけなのだ。

「スライムは数多いと特に面倒だしなァ」

「色が混ざると特にな」

二人は瞬時に平静を取り戻し、何事もなかったかのように会話を続行する。

「あ、でもジルは単体で手ごわい魔物が良いんですよね」

「深層になると数で攻められても手応えあるけどな」

「強敵一匹と、数だけの敵だと？」

「一匹」

やっぱり、とリゼルとイレヴンは頷いた。

じゃあ次は、と大量のチーズやベーコンが載っていた皿を空にしたイレヴンがおかわりを叫ぶ。

そうしながら紙を覗き込んだ彼は、質問を確認するや否や咄嗟にリゼルを向いた。

「④、宝箱に求めるのは？」

「伝説の剣です」

恥ずかしげもなく即答だった。

迷宮に空気を読まれているのか何なのか。ぬいぐるみやらティーセットやら、全く以て冒険者らしくない品ばかり出すリゼル。そんな彼の考える最も冒険者らしいものが伝説の剣なのだろう。それでもズレているような気もするが。

「まぁ、宝箱っつうイメージならそれ？」

「何の伝説だよ」

「竜殺しとか」

「ニィサンの剣じゃん」

「そもそもお前は剣使えねぇだろ」

「使えないですけど」

リゼルが宝箱から出す品も、冒険者らしくないだけで相応の価値はある。

更にある意味では実用性があると言えなくもないので、それで良いのではないかとジルたちは思っていた。やや面白がっているのは否定しないが。気にしているリゼルを見るのも一興だと考えたことがあるのも否定しないが。

だが二人が幾らそう言葉を尽くそうが、リゼルは理想の迷宮品を諦められないらしい。彼は日々、宝箱に手をかける度に真剣な顔をしている。真剣な顔をして何が変わるのかは誰も分からなかった。

「そういえば、ジルの剣は竜殺しの剣なんですよね。伝説と言えなくもないんでしょうか」

「性能的には十分じゃねッスか」

「そんなに凄いんですか？」

「そりゃもーどっかの踏破報酬かってくらい高性能」

リゼルに剣の知識はない。

芸術の観点での良し悪しは分かるが、実用性となるとさっぱりだ。迷宮品でそれなりの加護がついているのだから、値段をつければ高価になりそうだと。その程度に過ぎなかった。

「つうか実際に伝説の剣が出たらどうすんだよ」

「喜びます」

ほのほのとリゼルは笑う。完全に宝の持ち腐《ぐさ》れだった。

「ジルはもう、色々出し尽くしてそうですよね」

「お前が出すようなもんはねぇけどな」

揶揄うように唇を笑みに歪めるジルに、今度はリゼルが彼の皿からベーコンを奪った。

「無難に回復薬とかならガッカリはしねぇな」

「ニィサン怪我すんの？」

「時々掠る」

ボス相手では、攻撃が掠るだけでも致命傷《ちめいしょう》だ。

とはいえジルが言うのは、言葉どおりの掠り傷という意味だろう。普通の冒険者にとって、ボスと戦って掠り傷で済むのも、掠り傷に貴重な回復薬を使うことも信じられないことだ。

「ジル、今回復薬どれくらい持ってるんですっけ」

「数えたことねぇ」

「迷宮産の上級とか金貨何枚とかじゃん」

「依頼でも時々見ますしね」

満身創痍の宿主が、そろそろ勘弁してくれとばかりに運んでくる。

それらに早速食らいつきながら、イレヴンはリゼルの言葉に同意するように頷いた。ジル曰く、千切れた腕なら引っつくという上級の回復薬。それがあれば、恐らく瀕死《ひんし》であっても傷一つない状態まで回復できるだろう。病気に効かないとはいえ、常備しておきたい上流階級も少なくはない。

とはいえ冒険者にとっても貴重な命綱《いのちづな》。依頼が受けられることも、物が出回ることも滅多にない。

「他に宝箱から欲しいものは？」

「剣」

「お、剣コレクターってマジ？」

「どこ情報だよ」

「リーダー」

「本マニアのこいつには言われたくねぇ」

「俺だってそんなじゃないです」

あっさりと告げるリゼルを、ジルたちの胡乱《うろん》な眼差しが射貫く。

知識を取り入れるのが好きなだけで、その媒体《ばいたい》として優秀なのが本というだけで特別な思い入れはない。リゼルは度々そんなことを言うが、二人はその言葉を微塵《みじん》も信じていなかった。

「イレヴンは何が欲しいですか？」

「俺？」

問いかけられたイレヴンが、思案するように水を飲み干した。

そのままグラスの縁《ふち》を齧りながら悩むこと数秒。

「金になるか、使えるもんなら何でも」

「夢がねぇな」

「ニィサンに言われたくねぇし」

「じゃあ俺が出すようなものでも良いんですか？」

「あれはなァ」

にんまりと笑うイレヴンに、リゼルは苦笑しながらスープをすくった。煮込まれた芋《いも》を齧ればほろりと崩れ、飲み込めば熱が体の中へ落ちていくのが分かる。

温暖なアスタルニアでも、朝ならば温かな料理も美味しいものだ。昼に食べて汗ばむのも悪くないけれどと、隣でスープを飲み干して湯気のあたった鼻先を拭《ぬぐ》うイレヴンを眺める。

「おかわりー」

「後一杯分しかないんですけど!!」

ちなみにイレヴンのスープのおかわりは三回目だ。

「リーダー良い？」

「どうぞ」

「じゃあ飲も」

「俺は飲む」

「げ、譲って」

「なんでだよ」

ジルは早々にスープを飲み干してしまい、パンとチーズとその他という水分に欠けるものばかり残していた。譲歩する気はない、とイレヴンからの文句を流して宿主からスープ皿を受け取る。

不貞腐れたイレヴンが肩を寄せてくるのを、リゼルは慰めるようにその背を叩いてやった。こう見えてイレヴンも然して拗ねている訳でもない。その証拠に、慰めに満足したのかすぐに食事を再開していた。

「問題は⑤ですよね」

リゼルの声に、ジルたちも再びアンケートに目をやる。

「貴方にとって迷宮とは？」

「迷宮」

「迷宮」

「ですよね」

即答したジルとイレヴンに、二人はそうだろうとリゼルは頷く。

「これで〝人生〟とかドヤ顔で答えた奴の名前公表されねぇかなー」

「タチ悪すぎんだろ」

「迷宮なら絶対ないとは言えないですけど」

ううん、と三人は他の答えを探すものの全く思い浮かばない。

嘘という訳でもないし許してもらえるのではないだろうか。リゼルたちはそんなことを話し合いながら食事を終え、それぞれのアンケートへと向き直るのだった。


それは、その日の内のことだった。

無事に問五まで回答を終えたアンケート用紙は、空気に溶けるように消えた。ならば折角早起きしたのだし、と三人は揃ってギルドへと依頼を受けに行き、普段より騒がしいギルドにて何事もなく依頼を受け、極々普通に目当ての迷宮へと赴《おもむ》き、特にトラブルもなくその扉を潜ったはずだったのだが。

迷宮に潜って一歩も歩かない内に、まさかの事態に巻き込まれたことを悟っていた。

「何コレ」

「この為だったんですね」

「おい、依頼どうすんだ」

三人が眺める石板には、大きく〝アンケートへのご協力有難うございました〟の文字が刻まれている。続く説明によれば、冒険者はアンケート回答以降の初回に限り、どの迷宮へ潜ろうが特定の迷宮へ繋がるようになっているという。

つまり、今まさにリゼルたちがいる迷宮のことだ。

遺跡《いせき》のような古い城のような。目的の迷宮とはかけ離れた迷宮だった。

「他の冒険者を見ないのは他と一緒ですね」

「まぁ今頃同じように連れ込まれてんだろうけど」

「これで他の奴いたほうがやべぇだろ」

確かに、とリゼルは頷く。

あのアンケートがアスタルニアの冒険者にのみ配られたのか、他国の冒険者にも配られたのかは分からない。だが、その全員が一堂《いちどう》に会《かい》することがあればあまりの密度に身動きすらとれないだろう。

「魔物と見間違えて誤射《ごしゃ》しそうですしね」

ジルとイレヴンは思わずリゼルを凝視した。

「やっぱり、あのアンケートが反映された迷宮なんでしょうか」

「あー……そッスね」

「問題は、俺らの回答かどうかだな」

全冒険者の回答を全て集め、厳選された仕掛けや罠が用意されている可能性もある。

三人は進んでみれば分かるだろうと足を踏み出した。つるりとした石造りの床を靴底が叩く。通路に微かに反響する音に、魔物が寄ってきそうだなと誰ともなしに思った。

「そういや魔法陣《まほうじん》なかったな」

「一発クリアしろってこと？」

「なら、そんなに広くないかもしれませんね」

しばらく進めば、予想に反して魔物には出会うことなく広めの空間にたどり着く。

だが先へと続く道は途中で途切れていた。まるで綺麗に切り取ったかのように十数メートルにわたって床が消失している。向こう岸には道が続いているので渡れということなのだろうが、壁にも天井にも摑まれるようなものは見当たらない。当然、跳躍して届く距離でもなかった。

「で、コレかァ」

「誰が考えたんだよ、こんなもん」

途切れた床の手前、またしても石板を見つける。

書かれていたのは〝好きな相手を叫べ〟という一文。どこぞの冒険者がアンケートで完全に遊んだのが顕著に伝わってきた。いや、難易度的に攻略しやすい仕掛けをと真剣に考えた可能性もゼロではないが。

「これ嫌いな奴叫んだらどうなんの？」

「試してみますか？」

「そうしよ。えーっと……」

イレヴンが大きく息を吸いながら片手を口に添える。

「異形《いぎょう》の支配者ーーーーー!!」

「名前じゃねぇじゃねぇか」

「迷宮なら融通《ゆうづう》を利かせてくれそうですけど」

広い空間と、底の見えない穴にイレヴンの大声が反響する。待つこと数秒。

「何もありませんね」

「マジで？　叫び損じゃん」

嫌いではないのでは、という疑問は誰にも浮かばない。

疑いようもなく、心の底からイレヴンが嫌っている人物の通称だ。本人は本名を全く知らない、更には明らかに一個人を示す通称であるのだから、個人名でないことを問題視された訳ではないだろう。何故なら迷宮は空気を読むことに定評があるので。

「好きな、っていうのが恋焦《こ》がれる相手じゃなくて良いなら、俺が陛下ーって叫んでも」

「お」

「光ったな」

リゼルの言葉の途中、石板が一瞬ほわりと光って消える。

光が弱く一瞬だったのは、正答とはいえ叫んだ訳ではないからか。リゼルは感心したように目を瞬かせ、そして楽しそうに目元を緩めた。冷たい石板の表面をなぞる。

「これ、自分の深層心理が分かりますね」

「どゆこと？」

「ほら、自分では好きか嫌いか分からない相手とか」

成程、とジルたちは曖昧に頷いた。そもそも嫌いな相手の名を聞かれている時点で、何かしらの判定は存在する。迷宮ならば確かに、その辺りの機微《きび》もしっかりと汲《く》んでくれそうだ。

「いんのか」

「いえ、俺は特に。どちらでもないならまだしも、どちらか分からないっていうのは……」

「俺も」

ふと、言いかけたジルが口を止める。

考え方がきっぱりとしている彼にしては珍しい、とリゼルは目を瞬かせ、イレヴンも気になるのか答えを待つように口を閉じた。後者に関しては、盛大に揶揄ってやろうという意図《いと》を含んでいる。

「魔物で良いならいる」

「うっわ萎《な》える」

「どの魔物ですか？」

好きな相手、が迷宮の指定だ。確かに人に限定されている訳ではないので可能性はある。

苦手と思う魔物がいるのか、とリゼルが見つめる先で、ジルは特に何でもないかのように唇を開いた。

「酸の霧《アシッドフォッグ》」

「霧の魔物ですか？」

「別にニィサンなら苦戦しねぇじゃん、斬れるし」

「その斬った感触がねぇからスカしてる気分なんだよ」

囲まれるとそれなりに楽しめるがと剣の柄を握り、離し、手慰《てなぐさ》みにしながらあっさりと告げるジルに、リゼルは素直によく分からないなと思った。あると思っていた背もたれがなくて一瞬ひやりとする感覚だろうか。それならば理解できるような気もする。

そしてジルは石板へとその名を告げた。だが石板は反応しない。

「苦手ってことでしょうか」

「やっぱ魔物だからじゃねぇの？」

「かもな」

「あ」

その時、一瞬だけ石板がぼんやりと光った。

随分と間が空いたあたり、ジルが例の魔物に抱く感情はそれなりに複雑なのかもしれない。好意を判定する仕掛けで魔物が出てくると想定されていなかっただけかもしれないが。

「ニィサンそれなりに楽しめてんじゃん」

「そう思うと手ぇ出そうって気にもなんな」

「苦手意識もなくなりそうですね」

ジルのささやかな悩みが一つ解決した。

「俺もなんかやりたーい」

「イレヴンがですか？」

「何で意外そうにすんの？」

「てめぇ好き嫌い極端だからな」

誰がどう見てもイレヴンの好みははっきりとしている。

好きなものは好き、嫌いなものは嫌い。好きかどうか分からない、なんて感情など抱かないタイプだ。そうなると無関心が先立ち、好き嫌い以外はどうでもよくなってしまうのだろう。

「誰ですか？」

「ニィサン」

石板に凭れ、にやにやと笑うイレヴンにジルは嫌そうに顔を顰めた。

一方、リゼルは不思議そうだ。両者の間にわだかまりなどあるようには思えない。

「パーティとして一緒に行動できるだけで、君にすればかなり好意的だと思いますけど」

「それはそうなんだけどさァ」

イレヴンがわざとらしく悩むように眉を寄せ、背中で揺れる赤い髪を指先で弾く。

「まぁ迷宮でもそこそこ楽できるし、あんま鬱陶しくねぇし、手合わせも楽しめるし？」

「良かったですね、ジル」

「気持ち悪ぃ」

「それとは別に、いつか両手首砕いてやりてぇってのが根っこにあるっつうか」

リゼルは微笑みをそのままに一瞬動きを止め、ジルは思わず真顔になった。

割と高めの敵意ではないだろうか。むしろ何故、好意を検討しているのかが不思議でならない。むしろ敵意を抱かれているほうがよっぽどマシだった。

「根に持ちすぎだろ」

「や、別に恨んではねぇし。ただ、砕かれたから砕き返してぇなァってだけで」

敵意からのものでないのが逆に怖い。

これはパーティ内の不和《ふわ》になるのだろうか。リゼルはリーダーとして何かしら手を打ったほうが良いかと検討し始める。とはいえそれも戯れ混じりであり、然して深刻には捉えていないのだが。

「あ、やっぱ光んねぇわ。ごめんニィサン、大して好きじゃなかった」

「俺だって好きではねぇよ」

嫌いな人間とは一切関わらない二人が、行動を共にしている。それだけで十分なのだから。

その後、リゼルが敬愛する国王の名を叫んで第一の仕掛けは事なきを得た。

石板が強く光ると共に、穴の底から床がせりあがる。流石に更に罠を重ねる真似はされないだろうが、冒険者発案の仕掛けというのがその安心感を取っ払った。三人は一応、最低限の警戒をしながらも無事に向こう岸へと渡る。

そして迷宮の攻略を再開。時折襲い掛かってくる魔物を返り討ちにしながら、迷路のような通路を先に進んでいく。時に罠を避け、時に罠に嵌まりながら次の階層へ。

現れたのは、またしても石板だった。リゼルが近付き、読み上げる。

「パーティ代表への試練」

「これってやっぱリーダー？」

「じゃねぇの」

「どなたかご自分のリーダーに不満でも溜まってたんでしょうか」

とはいえ、一番の実力者が矢面《やおもて》に立つのだからリスクは低くなるのだろうか。

冒険者パーティのリーダーは、最も腕の立つ者が就《つ》くことが多い。さまざまな依頼があろうが基本は腕っぷしの世界。どれだけ頭が回ろうが、どれほど財力があろうが、その心意気と実力がなければ認められないのが冒険者だ。

他パーティに舐められぬよう、またパーティ内のトラブルを避けるためにも、自然と実力者が上に立つようになっている。冒険者にとって、戦闘力というのが最も分かりやすい指針なのだろう。

「試練って何なんスかね」

「やっぱり冒険者としての資質を試すものじゃないでしょうか」

リゼルも自らがリーダーであるという自負《じふ》がある。

上に立ちながら自信がないなどと、立ててくれていた相手を裏切る真似だ。何より、冒険者の中でもトップレベルであるジルたちに恥をかかせられない。そう考えているからだ。

「俺ももう立派な冒険者です。何が来ようと突破してみせます」

穏やかながら気合を入れるリゼルに、何か言いたげな顔をしたイレヴンがススとジルに近付いた。

「リーダーは何で自分のこと立派な冒険者だと思ってんの」

「まぁ心意気だけはな」

やる気もある。依頼もこなす。冒険者として日々の精進《しょうじん》も欠かさない。更には他の冒険者から色々と学び、立場を弁《わきま》え、ギルド職員とも依頼人とも良好な関係を築く。これだけ見れば、冒険者としても随分と上等な部類だろう。

だがしかし、冒険者云々の前に圧倒的に貴族らしいのだ。リゼルの努力はなかなか実を結ばない。

「そういや、どっちがリーダーやるか決める時って揉めた？」

「いえ、ジルが嫌がったので」

「当然だろ」

「まぁ分かるけど」

雑談を交わしながら石板を通り越し、長い通路を進んでいく。

そして、最初の角を曲がった時だった。三人の目の前に、第一の試練が姿を現した。

「だからジルがリーダーのほうが良いって最初に言ったのに」

「知るか。お前を下に置くなんざ勘弁だっつっただろうが」

「あ、そんな感じ？」

置かれているのは石のテーブル。向かい側には筋骨隆々《きんこつりゅうりゅう》な男の石像が一体。

一見して美術品のような石像だが、その恰好《かっこう》が変わっていた。中腰になり、片手でテーブルに肘をつき、もう片手を握って同じくテーブルに置いている。その後ろには鉄格子《てつごうし》があり、試練を無視して先へと進めないようになっていた。

「腕相撲《うでずもう》かァ」

「流石にまだ二階だしな」

「でも強そうですね」

迷宮の仕掛けも罠も、奥に進むごとに難度が上がる。

パーティリーダー一人に挑ませるとあって、複数の魔物との戦闘などといった難関はこれからも出ないだろう。とはいえ、リゼルにとってはその配慮が良いのか悪いのか分からない。

リゼルの力、体力は共に成人男性として平均的。つまり、それらに優れた冒険者の中では劣る。

「純粋に、魔物が一匹ぽんっと出てくれたほうが有難かった気もします」

「つってもでも石像だし。見た目どおりって訳じゃねぇッスよ、多分」

「合図はしてくれんだと」

テーブルの隣にある石板を眺め、ジルが何かを確かめるように石像をノックした。

迷宮のものは壊せない。石像も、鉄格子も。多少の例外はあれど、求められた方法で進むしかない。

「リーダーいける？」

「取り敢えず、強化魔法は全力でかけてます」

「あ、今かけてんの？」

「はい」

ほら、とイレヴンが促されるままにリゼルの足元を見れば、薄っすらと魔法陣が浮かんでいた。

魔法使いによって、強化魔法のかけ方も違ってくる。ひたすら叫んで気合を入れたり、何かしら激励の言葉をかけたりと多種多様。それを思えば大人しいほうなのだろう。

しゃがんで魔法陣を突っつくイレヴンを、邪魔をするなとばかりにジルが引っ叩《ぱた》く。

「自分にかけるの、初めてです」

「強化って酔うってホント？」

「時々酔いやすい人がいるみたいですね」

「酔うなよ」

「多分大丈夫です」

そして、リゼルはよしと気合を入れて石像と向き合った。

相手と同じようにテーブルに肘をつき、薄っすらと開かれた石の掌に指を潜り込ませる。流石は迷宮仕様か、高さも握り加減も丁度良い。硬く冷たい掌を握れば、ぼんやりと石板が光った。

「おら、脇しめろ」

「もうちょい体倒して。で、肘巻き込む、そうそう」

「足は前後に開いとけ」

腕相撲にもコツがあるようだ。

頼もしいパーティメンバーから寄越される助言に、リゼルは感心しながらもされるがままに体勢を整える。ジルには肘をゆるく握られて肩より内側へとずらされ、イレヴンには背と腕を引き寄せられてやや前傾姿勢《ぜんけいしせい》へと導かれる。確かに力が入りやすい体勢だった。

「やばかったらすぐ負けろよ」

「分かりました」

「リーダー頑張って！」

石板に光の数字が浮かぶ。三、二、一。数字に合わせて強化を強めていく。

リゼルは空いた片手を握りしめ、眼前の石像と向き合った。ぎしり、と石の体が軋む音がした。

そして、石板からポーンッとやや気の抜けるような音が届く。

「っ」

石像が動いた。強く腕を押され、リゼルは咄嗟に強化魔法を強める。

「これ、思ったより、きついです」

「引いて、リーダー肩ごと腕引いて！　あっ、あーっ、だいじょぶだいじょぶ！」

「うるせぇなコイツ」

手を出したくて仕方がないのか、横で両手を彷徨わせるイレヴンへとジルが鬱陶しそうに呟く。

折角応援してくれているのに、とリゼルは思うも口にする余裕などない。うーん、と力を込めた腕を震わせながらも石像に立ち向かう。今この瞬間が、こちらの世界に来てから一番全力を出しているに違いない。そう言っても過言ではないだろう。

「相手の腕が伸びてきたら倒す！　はいそこ、今！　リーダー今！」

「酔ってきました……」

「そいつの腕ぶった切る⁉」

「落ち着け」

全力の強化魔法に少しばかり平衡《へいこう》感覚を失いながらも、リゼルは頑張った。

それはもう頑張った。ぎゃんぎゃんと石像にクレームを入れ始めたイレヴンと、そんな彼の後ろ首を引っ摑みながらも勝負から目を離さないジルに見守られながら、とにかく全力で頑張った。やがて、ついに石像の手の甲がテーブルへと触れる。

「よっし！」

「お疲れさん」

石像が徐々にひび割れていく。

それが崩れると同時に、行く手を阻んでいた鉄格子が天井へと吸い込まれるように姿を消した。

「なんだか戦友を失った気分です」

「情が移んの早すぎだろ」

「リーダー腕だいじょぶ？」

「全然力が入りません」

二の腕が痛み、震える腕をひらひらと振りながらリゼルは苦笑した。

しかし、冒険者向けの力勝負に勝てたというのは純粋に嬉しい。口元を綻ばせたリゼルに、ジルが揶揄うように目を細める。

「これでもう怖いもんはねぇな」

「それはもう」

一番の難関を突破した気分だと、可笑しそうに笑って三人は先へと進んだ。

迷宮内に現れる魔物は、三人にとっては特別手強いということもない。

それらを返り討ちにしながら歩くこと暫く。何度目かの角を曲がれば、唐突に第二の試練が現れた。

「箱ですね」

「中見えねぇじゃん」

またしても石のテーブルが一つ。その上には大人が両腕で抱えられるくらいの箱が一つ。

箱は真っ黒で、更にしっかりと封がされていて中が見えない。箱の上には丸い穴が開いているものの、こちらも中を覗き込めないようになっていた。いかにも何かが入っていそうだ。

「ニィサン、何て？」

「あー……」

やはりテーブルの隣に置いてある石板、それを見下ろしていたジルが振り返る。

その瞳には、僅かばかりの同情が浮かんでいた。視線の先にいるのはイレヴンだ。

「リーダーに必要なのは統率力だから、一番嫌がる奴に手ぇ突っ込ませて何が入ってるか当てさせろだと」

「俺やりたーい！」

「じゃあ、お願いします」

「やりてぇっつってんじゃん！」

イレヴンが嘆《なげ》くように顔を覆い、天を仰ぐ。

こういうところで、意外と繊細《せんさい》なのがイレヴンだ。リゼルはむしろ楽しみだと平気で手を突っ込むし、ジルは嫌々ながら躊躇せずに突っ込む。一番嫌がる者、とわざわざ指定があるのだから諦めるしかない。

「イレヴン、頑張ってください」

「いや無理なんスけど。何入ってんの」

「こんな浅い層じゃ大したもん入ってねぇよ」

「それ命の危険がねぇだけじゃん。俺の心に対する保証はねぇじゃん」

ぶつぶつ言いながらも、やるしかないと理解はしているのだろう。

イレヴンは重い足取りで箱の前に立った。その向かいにリゼルとジルも移動して見守るなか、彼は嫌だ嫌だと口元を引き攣らせながらゆっくりと腕を箱の中に入れていく。

「どうですか？」

「ん？　や、何もなさそ……ッぎゃー！　何かヌルッとした!!」

突然肩を揺らして叫むイレヴンに、リゼルも思わずびくりとしたし、ジルは呆れながら眺める。

ガタガタとテーブルや箱が激しく揺れる。イレヴンが全力で腕を抜こうとしているのだろう。しかし箱はテーブルから離れず、すんなり入ったはずの腕も何故かびくともしない。イレヴンはもはら半ギレだった。

「何これどうすりゃ良いの⁉」

「もう当てるしかねぇだろ。おら、触れ」

「はァ⁉」

「多分、何かしら答えないと駄目なので……頑張れますか？」

「……頑張るから頭撫でてて」

そしてリゼルがせっせと鮮やかな赤髪や頰《ほお》の鱗を撫でるなか、ややご満悦《まんえつ》な顔のイレヴンはもそもそと己の腕を動かした。嫌は嫌だが頑張れる。

「うわ……何これ……動く……ぬるぬるする……うわ、動いた……」

「生き物、でしょうか」

「大きさは」

「握れる……うっわうっわ……手ぇぬるぬるする……無理……」

「匂いはどうですか？」

「匂い⁉」

目を剝いて声を上げたイレヴンだったが、頑張れ頑張れとリゼルに引き攣った頰を撫でられて諦めたように顔を箱へと近付ける。そしてふんふんと匂いを嗅ぐこと数秒。

「ん？」

訝《いぶか》しげな顔をしたイレヴンに、リゼルたちがどうしたのかと思った時だ。

「イモだわコレ」

隣の石板がパッと光り、ピンポンと謎の音をたてた。

「芋なら動かねぇだろ」

「動いた気ィしたんだからしょうがねぇじゃん。あ、抜けた……ほらァ、形こんなんだし！」

ずぼりと箱から抜かれたイレヴンの手に握られた、掌大の芋。

それはご丁寧にも皮を剝かれ、更には四足歩行の獣のような形に彫られていた。

何とも意地悪な仕掛けだった。


「あんなにぬるぬるした芋があるんですね」

「森ん中で採《と》れんスよ、時ッ々」

「貴重っちゃ貴重だな」

第二の試練も突破し、そろそろ次の階層に行けるだろうかと話しながら更に歩く。

それほど規模の大きい迷宮ではなさそうだ、と予想はしているものの理屈など通じぬ迷宮だ。果てはなく、踏破不可能な一度きりの腕試しだとしても驚かない。

「お、石板」

通路の先に見つけた三つ目の石板へ、イレヴンは歩調を早めた。リゼルもそれに続く。

「あ、最後ですね」

覗き込んだ石板に刻まれたそれに、ようやく終わりそうだとリゼルはジルたちを振り向いた。

真っ先に目に入ったのは、自らと二人とを隔《へだ》てる鉄格子。いや、二人を囲む檻《おり》だった。リゼルが振り返った時にはすでに、両者の剣は振るわれていた。金属と金属がぶつかりあう甲高い音が響く。

「げ」

「うっわ」

瞬《まばた》きの間の出来事だった。

鎖《くさり》の擦れ合う音がしたと思えば、顔を顰めた二人が檻ごと天井へと持ち上げられていく。そして、鳥籠《とりかご》のように宙へと吊るされた。

「ジル、イレヴン」

「問題なーし」

「やっぱ斬れねぇな」

迷宮の仕掛けに必要な制限は、冒険者側が避けられるものではない。

何をしようと食らう。避けようがどうしようが食らう。何故そうなると言いたくなる理解不能な状況でも食らう。そういうものなのだ、とさっさと諦めるのが冒険者の暗黙の了解だった。

「ちょっと待っててくださいね」

二つの鳥籠から石板へ、リゼルは視線を落とした。

そこには第三の試練の説明がある。ひと通り目を通して、成程《なるほど》と頷いた。

「リーダー何て？」

「大事なのは運の良さ、らしいです」

「悪ィと俺らどうなんの？」

「死にはしねぇだろ」

頭上で交わされる会話に、リゼルは何とも心強いことだと微笑んだ。

そして、さてと石板の向こう側を見据える。そこには、行く手を阻む鉄格子に埋め込まれるようにあるルーレット。石板にもダーツのような矢が、皿状に突き出した部分に何本も転がっていた。

ルーレットは今まさに、目に追えないスピードで回っている。等間隔《とうかんかく》に色分けされている、リゼルにはそれぐらいしか分からなかった。

「あれ、何が書いてあるか見えますか？」

「何も書いてねぇ」

「当たったら浮かぶんじゃねッスか」

試されるのは動体視力と投擲力なのではと疑問を抱いたリゼルも、ジルたちの言葉に思わず感心してしまった。全ての冒険者の運を平等に試すという、迷宮の徹底したこだわりが垣間見えた気がした。

「じゃあ特に狙わなくても良いですね」

「的《まと》には当てろよ」

「流石にあれなら当たります」

可笑しそうに笑い、一投。

った。

「リーダーの運って？」

「悪くはねぇんじゃねぇの」

「でも宝箱から変なの出んじゃん」

「あー……あれは逆に良いんだろ、多分」

何やら失礼な会話が交わされるなか、見事矢は的を射抜いた。真ん中からやや斜め下に当たった矢は、暫くルーレットと共にくるくると回り、徐々に速度を落としていく。そしてルーレットが止まると、矢が刺さる色分けされたスペースに文字が浮かび上がった。

「〝左〟と、〝水〟？」

「冷てっ、何か降ってき……すっげぇ雨漏り！」

イレヴンの檻の天井、その内側から雨漏りし始めた。

「すみません、俺の運が悪いばかりに」

「この程度で済んでんだから良いほうじゃねぇの」

「ちゃっかりニィサン免《まぬが》れてるし……あ、左側に俺いるからか」

「濡れたところ、後で乾かしましょうね」

布を取り出し、頭に被ったイレヴンが気にするなとばかりに手を振る。

それに目元を緩めて返し、リゼルは二本目の矢を手にとった。

「〝右〟と、〝魔物〟」

「ん」

檻に飛びついた魔物は、ジルによりすぐさま頭を貫かれた。

「〝全〟と、〝重〟」

「なんか体重い」

「座れば楽だな」

ジルとイレヴンがだらだらし始めた。

「〝左〟と、〝食〟？」

「お、飯だ。ラッキー」

「運が良いのに出れねぇのかよ」

イレヴンの檻にケーキが現れた。秒で食べつくされた。

そして五投目。そろそろ当たりが来てほしい、そう思いながら投げた先にあったのは。

「〝全〟と、〝獣〟」

ふと、リゼルはジルたちの声が全く聞こえなくなったことに気付いた。檻を見上げる。先程まであった姿はない。しかし動く影を見つけ、数歩後ろに下がって檻の中全体をまじまじと見上げた。

そこにいたのは、一匹の狼と一匹の蛇。黒い毛並みと、赤の鱗。彼らは暴れることなく、時折体を揺らしながらこちらを見下ろしている。その瞳に、酷く覚えがあった。

「…………」

リゼルはぱちりと目を瞬かせ、何事もなかったかのように次の矢を構え、投げる。

「あ」

当たった的に浮かび上がったのは〝進〟の文字。

道を塞いでいた鉄格子が消え、二つの檻もゆっくりと下りてくる。

静かに底を地面へとつけた檻がひとりでに開いた。中から狼と蛇が進み出る。二匹は当たり前のようにリゼルの元へと近付いてきた。リゼルも動じることなく二匹を待ち、傍に佇む彼らへと手を伸ばす。

「行きましょうか」

撫でた毛並みは存外柔らかく、そして腕を上る鱗の感覚が新鮮で。

リゼルは肩口まで登って来た蛇の瞳に微笑みかけ、隣に狼を連れて歩き出した。

「いつ戻るんでしょうね」

普通は先に進めるようになった時点で戻るのではと、そう不思議そうに零しながら。


試練はそれで最後だったようで、その後は魔物に襲われることなく次の階層に辿り着けた。

その際に元に戻ったジルたちは何も覚えておらず、嫌な予感がすると苦々しげであったり、面白いものを見逃した気がすると悔《くや》しそうであったりした。それに対し、リゼルは何も口にすることなく微笑むのみ。そうすればジルたちも特に引きずることなく攻略を再開する。

そのままどんどんと階層を突破し、リゼル念願の大玉の罠にも出合え、三人は今まさに最下層と思しき広間の真ん中に立っていた。道は通ってきた階段のみ。後は何もない、ただ広いだけの平らな空間だ。

通例《つうれい》どおりなら、ボスがいるはずなのだが。

「ボスに対する質問ってなかったですよね」

リゼルの声が、微かに反響して響く。

「じゃあこれで終わり？」

「あっけねぇな」

「踏破報酬とかもないんでしょうか」

しかし、ならばどうやって帰れば良いのか。

帰り用の魔法陣もないし、と周囲を見渡しながらリゼルは一歩踏み出した。

「隠し扉とか」

言いかけた言葉は、腕を引かれる感覚に呑み込まれる。

鮮やかな赤が視界の端で翻った。引き寄せられ、更に広間の端へと飛ぶように後退させられる。

リゼルの視線の先では、広間の中央に立つジルが何かを待ち望むように自らの影を見下ろしていた。

「ぜってぇーー俺とリーダーに近寄んなよ‼」

「分かってる」

返ってきた低い声に、僅かな高揚《こうよう》が滲んでいた。

リゼルもイレヴンに腕を摑まれたまま、自らの足元を見下ろす。影が波打っていた。それが独立して動き出す。タールを流し込んだかのような闇、その中央からトプリと漆黒《しっこく》の指先が現れた。水面を掻き分けるかのように、全身が露になった。

まるで鏡を見ているようであった。違うのは、生き写しのようでありながら黒以外の色がないこと。足元を見れば、あるはずの影を失っていた。落ち着かないな、と内心で零す。

「全く同じ力量なら、共倒れになりそうですけど」

「そのあたりは制限ついてるか、上手く調整してんじゃねッスか。迷宮だし」

ジルもイレヴンも、己の影と向き合っていた。

幸いなのは、影が〝自分自身〟にしか意識を向けないことか。ドンッと腹の底を震わせるような衝撃音に、リゼルは視線だけでそちらを窺う。見れば、壁に叩きつけられながらも攻撃を防いだ影の己へと獰猛《どうもう》な笑みを浮かべるジルの姿があった。

「存分に楽しんで」

随分と喜んでいるようだと、リゼルは見守るように瞳を甘く溶かす。

次いでイレヴンのほうから聞こえ始めた途切れぬ剣戟《けんげき》の音に耳を澄ませ、リゼルもまた自分自身へと銃口を向けた。


「お、来たな」

冒険者ギルドへと戻った三人を出迎えたのは、数多の冒険者達の高揚した騒《ざわ》めきと、いつものスキンヘッドの職員だった。リゼルは申し訳なさそうに眉を下げ、苦笑する。

「職員さん、今日の依頼なんですけど」

「ああ、良い良い。こっちも把握《はあく》してる。迷宮がやらかしたんだろ」

「はい」

冒険者達の中には、いまだアンケートの紙を浮かべている者もちらほらといた。

それ以外の者たちから聞こえてくる会話は、例の不思議な迷宮についてだ。それを聞く限り、迷宮の内容は全ての冒険者パーティで共通なのだろう。覚えのある仕掛けについて誰も彼もが声を上げている。

「おい誰だ好きな奴叫べとか書いた馬鹿野郎は！」

「大量のカエルの卵を摑まされた俺の気持ちが分かるか……？」

「運悪すぎて五十回くらい投げた」

全員、目は死んでいるがそれなりに楽しんだようだ。

「依頼は明日以降でも構わねぇからな。それよか迷宮だ、迷宮」

「楽しかったです」

「そりゃな、後ろの二人見りゃ分かる」

職員がリゼルの後ろに立つジルとイレヴンへと視線を移した。

両者共、いかにも満足げだ。珍しく見ただけで機嫌が良いと分かるような、すっきりとした顔をしている。

「いやそうじゃねぇよ、踏破したんだろ！」

「他に踏破した方っていないんですか？」

「今んところはな」

リゼル達の体感的に、Aランクの冒険者ならば恐らく踏破可能だろう。

アスタルニアにも何組かいたはずなので、まだ潜っているか、今日は迷宮に行く予定がなかったか。

ちなみに途中でリタイアした冒険者は、もう無理と思った時点で迷宮の外に弾き出されたようだ。

「何とか踏破はしたんですけど」

「よっし、流石だな。どうだ、報酬とかあったか？」

どうしようか、とリゼルは一瞬考える。

確かに、踏破報酬はあった。一度きりという迷宮の特性上、初踏破かどうかは関係なく、踏破さえすれば手に入るのだろう。そうであるという確信を持てるような報酬だった。

だがそれが好奇心に目を輝かせる職員や、他の冒険者達の期待に応えられるかが分からない。

「俺は嬉しかったんですけど」

「おう、どんなだ？」

まぁ良いか、とポーチに手を入れるリゼルに周りも身を乗り出した。

「これです」

じゃん、と取り出したのは一枚の紙。光沢のある良い紙だった。

そこには〝Congratulations!!〟の文字と、どの仕掛けや罠を突破したか。その記録がつぶさに記されている。ようは賞状兼、迷宮レコードであった。

「これを見ると、スルーした罠や仕掛けも結構あるんですよね」

「微妙に悔しい気ィする。もっかい潜れりゃ良いのに」

「そうだな」

「ジルはボスしか興味ないでしょう？」

一人一人に用意された賞状を見比べ、わいわいと話すリゼル達。

その光景を眺めながら、周囲は「なんか微妙だな……」と思わずにはいられなかった。

ドラマCD2　書き下ろし短編

やり込み要素にのめり込んで一夜明かした

アスタルニアの王族が住まう王宮。

その深部に位置する書庫は数多の書架《しょか》に溢れ、隙間は人が二人すれ違えないほどに詰め込まれている。右を見ても左を見ても、壁を見上げても棚の上を覗き込んでも本に溢れたその空間でアリムは今日も過ごしている。

彼は国王である兄を持つが、継承権は放棄している。

書庫から外へは滅多に出ない。自室すら書庫の隣にある。そんなアリムが〝書庫の主〟と囁かれているのは当然のことであり、同時に身につけた知識によって〝国一番の学者〟と呼ばれているのもまた周知の事実であった。

であればこそ、彼の姿を知る者は少ない。だが、書庫から出ないという理由だけではない。

書庫の中央、少し開けたスペースの絨毯の敷かれた床で何かが動く。いうならば布の塊。床の上に積み上げられた、刺繍《ししゅう》の美しい厚手の布の山。その中から、本のページを捲る音が聞こえてくる。

その布こそが、彼の姿を知る者が少ない理由。幾枚もの布で全身を覆いつくす理由を誰も知らない。数多い兄弟の中にさえ、布の中の姿を見たことのない者もいるという。

「先生、もうすぐ来る、かな」

布の中から、抑揚《よくよう》の少ない低く艶のある声が零された。

もぞりと布が大きく動く。立ち上がっても微かしか見えない足元を見なければ、前を向いているか後ろを向いているのかも分からない布の塊。その隙間から本を握った褐色《かっしょく》の手が覗いた。

その本を書架へと差し込みながら、布の中で浮かべられたのは笑み。本来ならばそれを向けられるべき高貴な身分を持つ彼が唯一《ゆいいつ》、敬意を込めてそう呼ぶ相手が書庫を訪れるまであと少し。


アリムはリゼルのことを尊敬している。

荒くれ者だらけの冒険者、本来ならば王族が顔を合わせる機会などない相手。色々あって接点を持った相手だが、王族よりも王族らしい品の良さを持つ癖に冒険者だという。

だがその知識量へと敬意を持つのに立場など関係なく、とはいえ互いに最低限の立場をわきまえるだけの分別を持ち、古代言語の教授という役割を終えてからも本仲間として平和的な関係を築いていた。

「殿下、机をお借りしても？」

「どう、ぞ」

そんなリゼルが書庫を訪れてすぐ、楽しそうに何かを持ち上げた。

アリムが布越しに眺めてみれば、両手で抱えられるくらいの薄い木箱。その後ろではパーティメンバーであるジルが呆れたようにため息をつき、同じくイレヴンが愉快げに笑みを浮かべ、そして何処かで顔を合わせたのか引っ張ってこられたらしいナハスが訝しげに箱を窺っている。

「昨日、迷宮の宝箱から出たんです」

「迷宮品、かな」

「はい」

迷宮の宝箱から稀に出る特殊な品。つまりは迷宮品。

馴染みのないアリムも興味を煽られて立ち上がり、机へと近付いた。リゼルから箱を受け取ったイレヴンがそれを開けば、箱というよりは板が二つに折りたたまれていたようだ。不思議な絵が描かれた一枚板へと変わる。

「ゲームなんだってさ」

「ゲーム？」

板の隙間に嵌め込まれている駒《こま》を摘み、指先で遊びながら告げたイレヴンにナハスが訝しげに問いかける。

「そ。四人一組、プラス一人で遊ぶっぽい」

「俺たちでやろうとしたら人数が足りなくて」

「ああ、それでか……ん？」

ナハスが言葉を切り、その場をぐるりと見回した。

己で停まった視線に気づきながらも、アリムは気にせず板の絵を指先でなぞる。駒と同じように用意されたサイコロ、そして絵は幾つものマスが繋がったもの。アスタルニアにもある盤上遊戯《ばんじょうゆうぎ》によく似ていた。

「俺はともかく殿下を巻き込むんじゃない！」

「殿下には危険のない役をお任せしたいと」

「待て、何で危険があるんだ。ボードゲームだろう、違うのか」

別に、アリムとしては興味深いので問題はないのだが。

真顔になったナハスに詰め寄られ、リゼルがぱちりと目を瞬かせる。

「ほら、迷宮品じゃないですか」

「だから何だ」

「箱の表面に刻まれてた説明いわく、〝一度開いたら遊びきるまで止められない〟らしくて」

「なら何でもう開いてるんだ！　あ、くそ、本当に閉まらん……ッ」

ナハスが木箱に手を当てて再び二つ折りにしようとするも全く動かない。

意地でも終わらせてたまるかという迷宮品の意地を感じる。迷宮だから仕方ない、はそのまま迷宮品だから仕方ないにも通じるのだ。冒険者はそれらを全て受け入れる。

「昨日やろうとしたら開きすらしなかったもんなァ」

「やっぱ人数揃ってねぇと駄目なんだろ」

「さっきあっさり開いて結構びびったし」

「空気読んでくるよな」

普通に話しているジルとイレヴンだが、非冒険者にはそもそも縁のない迷宮品。

聞いても全く以て理解できなかったナハスだが、早々に諦めたのだろう。せめて今後はきちんと説明してからにしろ、と言い聞かせる姿は堂に入っている。

「なので殿下、一緒に遊びませんか？」

「う、ふふ。遊ぼう、か」

微笑むリゼルに、アリムはあっさりと頷いた。

まるで台本をそのまま読み上げたような、抑揚のない笑い声。しかし本心からの笑み。

強制でなくとも断るつもりは更々ない。アリムとてアスタルニアの男、楽しいことには積極的に参加する。それが分かっているからこそ、リゼルも早々にゲームの準備を始めたのだろう。

そして王族が了承すれば、国に属する魔鳥騎兵団《まちょうきへいだん》所属のナハスも否《いな》は言えない。彼もゲームに付き合うこと自体に不満はないので、諦めたように快諾《かいだく》した。


ゲームの趣旨は【冒険者になって迷宮を攻略しよう】というもの。

四つの駒を一人一つ選ぶ。駒は騎士、武闘家、弓使い、魔法使いの四種類。

そして残る一人が進行役。判定が必要なマスなどでそれを担当する判定員も兼ねる。

参加者は四人一組のパーティで、一つのサイコロを振りながら盤上を進んでいく。マスには〝装備の入手〟、〝資金調達〟、〝魔物に遭遇〟などがあり、上手いこと装備を揃えて迷宮に臨まなければ攻略が不可能という、なんとも絶妙にリアルなゲームとなっていた。

「魔鳥騎兵はないのか」

「冒険者だっつってんじゃん」

「俺は武闘家が良いです」

「何でだよ」

アリムは一人、椅子に座りながらああでもないこうでもないと駒を選ぶ四人を見守る。

折角のゲームだからと、普段は全く縁のない職に手を出すようだ。ただこれは迷宮品、攻略できなければどうなるのかは予想ができない。どうもならない可能性もあるが。それを思えば、向いている職につくのが定石《じょうせき》ではあるのだろう。

「じゃあ俺魔法使いー」

「ジルじゃ攻略不可能になるかもしれませんしね」

「おい」

「ニィサン弓ね、剣だとそのままでつまんねぇし」

「なら俺は剣士か……あまり得意じゃないんだが」

だが遊ぶなら本気で遊ぶものの、何より楽しさを優先するリゼルたちだ。

攻略を目指しつつも全力で遊んだ職選びとなっている。そしてアリムが何故ジルは魔法使いだと駄目なのかと疑問に思いつつ、四人の手に駒がのったのを見た時だ。

「あ」

「うおっ」

駒が光り、途端にその姿を持ち主のものへと変える。

デフォルメされたような姿はまさしく四人そのもの。流石は迷宮品、こだわりが凄い。

「ははっ、俺魔法使いになってる」

「しょぼい装備だよな」

「見てください、強そうですか？」

「……そうだな」

零れかけた本音を呑み込むナハスへアリムは内心同意した。

直後、己のパーティメンバーらに似合わない似合わないと揶揄されるリゼルに、折角のナハスの気遣いが無に帰《き》したことを悟った。言い方を考えろ、とジルたちに説教している姿には相変わらず感心してしまう。

「そろそろ、始めようか」

「あ、そうですね」

アリムとてフリーダムかつマイペースであるが、これでも兄弟甥姪《きょうだいせいてつ》を多く持つ身。

盤を持ち上げて表紙に刻まれていたルールを一瞥し、盛り上がっている四人に気負いもせず声をかけた。リゼルたちがそれぞれ駒を盤上へと置けば、その駒がもぞもぞと動いてスタートのマスへと集まっていく。

「迷宮品というのは凄いな……」

「ここまでのはなかなかねぇよ」

「こだわりすぎ」

ジルとイレヴンの言葉に、ナハスが「基準が分からん」と顔を顰める。

「サイコロは、どうしようか」

「四人で順番に振りましょうか」

「異議ナーシ」

じゃあ自分から、と差し出されたリゼルの手にアリムは木製のサイコロをのせた。

周りが見守るなかリゼルは何度か掌の上でサイコロを転がし、そっと盤上へとそれを落とす。サイコロの目は一～六まで、その中でもっとも大きな目が出た。

「出目《でめ》があまり関係ないのは気が楽ですよね」

「まぁでかけりゃ良いってもんではねぇな」

順調に進みすぎて手ぶらで迷宮に突撃する訳にもいくまい。

四つの駒が盤上を滑っていくのを揃って眺める。パーティ一丸となってマスを進んでいく姿に、協調性があるなと協調性のなさを一応自覚している面々は内心呟いた。つまりナハス以外の全員が。

「あ、止まった、ね」

四人ひと纏めの駒が一つのマスに止まる。

どれどれ、とアリムは座りながらもやや上体を乗り出した。

「〝迷宮で宝箱を見つけた〟。やったね、先生」

「あ、もう迷宮に行ったんですね」

「どうした、不思議そうだな」

意外そうに目を瞬かせるリゼルが己の駒を指先でつつく。

「まだ装備も揃えてないのに」

「一応は最低限の装備は着てんじゃん。駆け出しにしちゃ上等ッスよ」

「やっぱりですか？」

ハッとリゼルはジルを見た。

リゼルは初回の依頼から今の装備だ。つまりは最上級装備。駆け出しだからと金があるにもかかわらず装備の質を下げるのは非効率だというジルの言葉に、今も昔も納得はしているのだが。

「最初の頃、俺がギルドで浮いてたらしいのはもしかして」

「濡れ衣すぎんだろ」

「リーダーは今も浮いてる」

「お前が頑張ってるのはちゃんと分かってるぞ」

「先生は、先生のままで、良いよ」

慰められたのか追い打ちをかけられたのか分からなかった。

何となく釈然《しゃくぜん》としないままリゼルが盤上を見下ろすと、ふいに止まったマスがキラキラと輝きだす。

そして迷宮品らしいメルヘンチックな演出で、ポンッと小さな煙と共に駒サイズの宝箱が現れた。

「おっ、宝箱」

「本当にこんな宝箱らしい宝箱が迷宮にはあるのか……」

「これが無造作に置かれてるって、凄い、ね」

馴染みのないそれをナハスと共にまじまじと眺めていたアリムはふと気付く。

リゼルが少しばかり目を輝かせて小さな宝箱を見ていた。隣でややニヤニヤしながらその姿を見守る彼のパーティメンバー二人の姿も不思議だ。宝箱に何かしらの思い入れがあるのだろうか。

「良いモン出ると良いねぇ、リーダー」

「ここで空気読まれりゃこの先も望み薄だな」

「分かりませんよ。ゲームなんだし、いきなり伝説の剣とかが出ても」

そのやり取りに疑問を浮かべていたアリムの眼下で、小さな宝箱がパカリと開く。

中からふわりと出てきたのはミニチュアのおたまと、〝伝説のおたま〟と書かれた一片の紙切れ。

その小さな紙を摘んで読み上げたアリムが、布の中で思わず口元を緩めながらもチラリとリゼルを見た。

遠い目をしている。初めて見た。

「ふ、リーダーやったじゃん、んふふ、伝説だって、ははっ」

「カレー作ったからじゃねぇの、この前」

しかも笑いを堪えた（堪えきれてない）パーティメンバーに煽られていた。

「……ナハスさんにあげます。一番使いこなせそうですし」

「こら、俺に当たるな。それに俺は剣……剣士の装備なのか⁉」

リゼルの言葉に応えてかどうなのか、宝箱の上でふわふわ浮いていたおたまがナハスの駒の手に収まった。イレヴンから耐えきれずに笑い声が上がり、アリムもあまりのシュールな装備に体をぷるぷると震わせる。

「こうして、装備を集めれば、迷宮マスで有利になるんだ、ね」

「殿下、もしや笑っておりませんか」

「笑ってない、よ」

しかし直後、囁くように漏れた笑みに即行嘘《そっこう》がバレた。


そしてリゼルたちは盤上遊戯を本格的に攻略し始めた。

次にサイコロを振ったのはイレヴン。出た目は四。

「あーっと、弓使いが？　酒場の看板娘に惚《ほ》れる、口説《くど》き落とせ」

直後イレヴンが噴き出し、ジルがなんてマスに止まってくれるのだと盛大に顔を顰める。

するとアリムの前に小さな魔道具が現れた。四角い箱に丸い突起がついている。ナハスが変なものに触らないように、と忠告する前にアリムはその突起に触れた。どうやら突起が沈み込むようになっているらしく、手首を金で飾った褐色の手がそれを押せば「キュンッ」と可愛らしい音が鳴る。

酒場の看板娘役、ということだろう。

「ジルに口説かれてキュンッときたら押せってことですね」

「だろう、ね」

「頭良い二人が理解早すぎんなァ」

二人とも非常に面白そうだ。

だが布の塊を口説くことになったジルはそうはいかない。苦虫を噛《か》み潰したような顔をして、嫌そうに布を頭から足まで一瞥する。どこをどう見ても布。これに惚れた弓使いは頭がどうかしているに違いない。自分だが。

「ほらほらニィサン、頑張って」

「うるせぇ」

「ほら、茶化すな。きちんと応援してやれ」

「されたくはねぇよ」

「ジル一人だとやりにくいでしょうし、俺達もやりましょうか」

「そ」

言いかけたジルが真顔でほのほのと微笑むリゼルを見た。

加えて言うならイレヴンとナハスも真顔でリゼルを見た。

彼らの視線を受けながらリゼルは微笑んだままアリムに歩み寄り、そっと身をかがめる。まるで布などないと言わんばかりに真摯な瞳でじっと彼を見つめて、キュン発生魔道具に添えられていた手に掌を重ねた。

自身より大きな褐色の手をそっと撫でながら、甘やかに告げる。

「先日は素晴らしい書物を見せていただきましたね。貴方と語り合いながら一夜を過ごすこと、許していただけますか？」

「それは魅力的、だね」

リゼルは見事にキュンを勝ち取った。

「いや夜通し本談義してぇなってだけじゃん」

「俺はこう言ってもらえたらキュンときます」

「実際嬉しい、よ」

「泊まるなら事前に知らせておくんだぞ」

ややズレたナハスの忠告に素直に頷いたリゼルが、さぁ次だとばかりにイレヴンを手招いた。

ひくり、とイレヴンの口元が引き攣る。己が当てたマスだが、何故当ててしまったのかと改めて思わずにはいられない。ジルがざまぁみろとばかりに鼻で笑った。

「あー……」

イレヴンは布の表面にうろうろと視線を彷徨わせ、そして。

「……布、高そうだよな」

「そう、かな」

「無理……」

イレヴンはキュンを逃した。

頭を抱えた彼はそのままリゼルに突撃し、良い子良い子と撫でられながらメンタルの回復を図る。

女は容易に口説けても布の塊はどう考えても無理だった。難度が高すぎて突破口すら見つけられない。

じゃあ次は、とリゼルがナハスを手招く。

「俺もか……」

「頑張ってください、ナハスさん」

自国の同性の王族を口説く。なんという状況なのか。

ナハスは片手で顔を覆い、唸《うな》りながらアリムの前へと歩み出す。彼とてアスタルニアの男、勝負ごとに手は抜かない。やらなくて良い勝負だというのは今は置いておくことにする。

こういう時、己の上に立つ騎兵団隊長がいれば勝ちは確定なのだがと彼は尊敬する隊長を脳内でシミュレートしてみた。想像の中の彼女は余裕の表情でキュンを勝ち取ってみせていた。流石だ。

「殿下」

いけるか、とナハスは仕えるべき王族を見下ろした。

「外出の際は、安定飛行に定評のある四組に魔鳥車を担当させましょう」

「出かける用は、ないかな」

ナハスはキュンを逃した。

信じがたい、という顔をしている彼の魔鳥愛は今日も留まることを知らない。恐らく同じ魔鳥騎兵ならばその提案の魅力が理解できるのだろうが、リゼルたちにはいまいちよく分からなかった。

有難いなと思ってもときめきはしない。

そしてついにジルに順番が回る。

「あー……」

「三つもサンプルがあったんですから、頑張って」

深く刻まれた眉間を揉《も》みつつ、深いため息をついたジルはちらりとリゼルを見る。

確かに良いサンプルではあっただろう。正直、リゼルの提案がなければ今もよしよしされているイレヴンと同じようなことを言っていたはずだ。ジルとて、了承して始めた遊びを適当に放棄するつもりはない。

「お前の」

アリムの前に立ち、ジルは眉間から手を下ろしながら布の塊を見下ろした。

確かにサンプルの中にヒントはあった。リゼルはアリムの好きなものについて言及してみせて成功。イレヴンはアリムの価値観から外れた褒め方をして失敗。そしてナハスの提案だが、魔鳥車についてはは特に拒否はされていない。

ならばアリムが確実に興味があり、王族としての価値観に寄せ、自国の誇るものに触れてみせれば。

「布の刺繍、他所の国で見たことねぇ。良い腕の職人がいんな」

「う、ふふ」

自国の産業を賛美されて心動かない王族など、少なくともアスタルニアにはいない。

ジルは見事キュンを勝ち取った。

「うっわ、良いトコ取り。ニィサンそういうトコある」

「ジルはやる時はやる男です」

「安定飛行ほど魔鳥の飛行技術を体感できるものはないんだが……」

キュン発生魔道具は用が済んだら消えた。

次にサイコロを振るのは、ジルに順番を譲ろうとして拒否されたナハスだ。

それなりに楽しみにしながら彼が出した目は三。内容はというと。

「よそのパーティと喧嘩した。部屋を出て一番に目にした相手に喧嘩を売れ……」

読み上げるナハスの声が次第に消えていき、そして衝動を耐えるように深く深く息を吐く。

「おい、冒険者はどうしてこうなんだ！」

「どうしてっつわれてもなァ」

「冒険者ですし」

「だから冒険者被害だの何だの言われて迷惑がられるんだぞ。お前らも嫌だろう、少しは大人しくしようと思わんのか」

「大人しくしてんだろ、これでも」

ナハスの言葉に悪びれない三人を眺め、アリムは納得したように一つ頷いた。

成程、冒険者という一般的なイメージから外れた印象を持つ三人も生粋の冒険者なのだろう。リゼルでさえ「こればかりは仕方ない」と言わんばかりなのは非常に違和感があるが。

「全く……見張りに喧嘩を売って問題になったらどうする」

そしてブツブツと言いながらナハスが書庫の扉へと向かう。

リゼルたちが書庫を訪れる時には、必ず扉の前に見張りが一人立っている。たまたま通りがかった王族に絡むようなことにはならないと確信しているからか、ナハスは割と素直に喧嘩を売りにいった。

「これ、パーティで行ったほうがいいんでしょうか」

「あー、指定ねぇし？」

「あいつの後ろにでも突っ立ってりゃ良いだろ」

リゼルたちを従えたナハスに喧嘩を売られるであろう相手に、アリムはささやかな黙祷《もくとう》を捧げた。

絵面が面白すぎて脱引き籠もりして見に行きたい光景ではあるが。

「喧嘩を売ったことってそういえばないですね」

「買ってばっかだしな」

「俺は割と売るかも」

そうしてアリムは一旦、机から離れていったリゼルたちを見送る。

しばらくの後、外から聞き覚えのない悲鳴が上がったので喧嘩を売ることには成功したのだろう。

喧嘩ではなく一方的な恐喝《きょうかつ》になるのではと思ったが、アリムの眼下では四人の駒が勝利のポーズを決めている。恐らく、問題はなくクリア判定を貰えているはずだ。

「いや、違う、そうじゃないぞ、ほら、続きをやるか」

喧嘩を売った相手への釈明《しゃくめい》も済ませたのだろう。まもなく書庫へ戻ってきた四人だったが、焦ったようなナハスの声にアリムはおや、と顔を上げた。何やら必死に弁明を繰り返している。

まもなく姿を現したのは、困ったような顔をしたナハスと、やや彼から距離を置いたリゼルたち。

「魔鳥騎兵団の喧嘩の売り方が、その」

「どうした、怖くないぞ、そら、いつもどおりだろう」

「あんなガチだとは思わねぇじゃん」

「あれは、迷宮品に認めさせようと思って大げさにだな」

「…………」

「その敵を探るような目は止めてくれ……っ」

胡乱な目を向けるジル。その後ろに隠れたリゼルとイレヴン。

三人を安心させるように言葉を重ねるナハスに、一体何があったのかと思わずにはいられない。

リゼルたちはやや面白がっているだろうか。とはいえジルの後ろに隠れた二人がひそひそと「あまり怒らせすぎないようにしよう」と話し合っているあたり驚いたのは確かなのだろう。

見にいけばよかった、とアリムはちらりと思いながら、やがてあっさりと切り替えてゲームを再開する四人へとサイコロを手渡した。


その後も冒険はそこそこ順調に進んだ。

例えば、盤上も中盤に差し掛かって迷宮マスが多くなると。

「また宝箱だな」

「あ、魔物です」

「あーッ、リーダーが食われた！」

「駒が食べられても俺は影響ないんですね」

「おい、凄い勢いで噛みつかれてるんだが！　助けたほうが良いんじゃないか⁉」

「ナハスさん、俺はここで無事ですよ」

「武闘家の癖に鈍いんだよな」

「ジル」

辿り着いた宝箱マスでは宝箱が魔物化して襲ってきた。


例えば依頼をこなして稼いだ資金で装備を整えようとすると。

「おい、武器屋マス」

「ようやく装備を揃えられますね」

「ちょくちょく拾ってたけど変なモンばっかだし」

「俺なんてお鍋かぶってますよ」

「それなりに防御できんだろ。こっちは弓ばっか十本も背負ってんだぞ」

「ニィサンすっげぇごちゃごちゃしてる。俺何もなさすぎてノー装備なんだけど」

「武器の偏《かたよ》りが酷いな。俺もいまだに伝説のおたまだ」

「店たっか。もー、ゲームじゃなけりゃ買いてぇモン全部買えんのに」

「あんまり無駄遣いをするなよ。いや、ゲームの話じゃなくてだな」

「取り敢えず武器です、武器。武闘家の武器って何ですか？」

「俺の弓売れねぇのか」

アリムの手元に現れた武器リストを全員で覗き込み、ああでもないこうでもないと話し合った。

ちなみに武器屋役を割り振られたアリムは、すっかり嵌まっている四人を微笑ましく眺めながらも、始まった値切り戦争を全力で迎え撃った。割り振られたからには手を抜かず、滅茶苦茶文句を言われながらも最低限の値引きしかせずに武器を売りまくった。

そしてついに辿り着いた最後のマスでは、迷宮らしくボスが待ち構えていた。

これまでの冒険の集大成だ。その集大成を日々の散歩代わりにしているジルは素面だが、他の三人は真剣な顔で盤上の駒を見守っている。最後のマスが、ボフンッと勢いよく煙を吐き出す。

姿を現したのは可愛らしくデフォルメされたデーモン。ちなみに詳細な種族は不明。

「いよいよですね」

「リーダー俺素手なんだけど」

「魔法使いに武器は必要ないですし」

現実が足を引っ張るとこうなる。

力強く断言したリゼルに「まぁそうだけど」と頷くのは現役冒険者であるジルとイレヴン。武器屋に杖とか売ってたのってそうじゃないのか、と疑問を抱いているのがアリムとナハスだ。

魔法使いが杖を持つ。アスタルニアでは幼い頃に親しんだ絵本の影響で何となくそんなイメージがあるも、他所から来た者はそんなことなど知る由もない。よってイレヴンは武器補正の恩恵を丸々捨てる羽目になった。

「(アスタルニアの子供向けのゲーム、なのかな)」

今までの内容を思い出し、アリムは布の中でぽつりと零す。

それを全力で楽しんでいる男四人の前では言わないが。アリムも楽しいので問題ない。

「よっし、押せ押せ……へったくそ！　そこで刺せ！」

「刺せねぇだろ魔法使い」

「俺の肉球グローブ、殴る度にみゃーみゃー言いますね」

「まぁ、それでも一番強いしな……俺も結局おたまが一番強かった」

駒が戦い出せば、後にできることといえば応援だけだ。

リゼルはぴょんぴょんと跳ねながらポカポカ殴って蹴《け》って頑張っている己の駒を応援し、イレヴンは離れた場所から一定間隔で火球《かきゅう》を飛ばす己の駒にヤジを飛ばし、ジルは売れなかったせいで背中で大量の弓をガチャガチャ言わせながら矢を放つ己の駒に同情し、ナハスはやはりぴょんぴょんと跳ねながらおたまを振り回す己の駒に激励を送る。

それらを見守りながら、アリムはこの光景を絵画にでも残せないかと割と面白がっていた。その時、書庫の扉が勢いよく開く。

「おい、ナハス！　てめぇが俺んとこのやつ恐喝したっつう噂が」

「待て、今忙しい」

とある王宮守備兵長が突撃してきても四人は視線すら向けなかった。

「あっ、倒……はァ⁉　変身して復活とか聞いてねぇんだけど！」

「やっぱり井戸端会議マスに止まらないと駄目だったんですよ」

「ただの主婦がボスの変身について何を会議すんだよ」

「しまった、回復薬は使いきったな……」

「先生が出した、よく分からない迷宮品ならまだある、けど」

アリムは盤の隅に並ぶミニチュアの裁《た》ちバサミやフィギュアを指先でつつき、そして意味が分からないとばかりに固まっている王宮守備兵長を横目で見た。

アスタルニア軍人のトップである彼は、虎の獣人らしく膨らんだ尻尾を立てている。ナハスが喧嘩を売った相手は既に事情を説明されているので、偶然目撃した誰かが流した信じがたい噂を遊び半分で追及しにきたのだろう。

「噂は、誤解。行っていい、よ」

布の中で薄っすらと笑み、常日頃から王族の守護を務めてくれる相手へそう告げた。

ついでに労《ねぎら》いも添えれば、彼はやれやれと言わんばかりに肩を竦める。少しばかり興味を惹かれたのか盛り上がっている四人の後ろから机を覗き込み、盛り上がっている原因がゲームだというこ とにやや呆れたように虎耳を下げて去っていった。

閉じた扉の向こうからすぐに彼の爆笑が聞こえたので、見張りの兵から詳細でも聞いたのだろう。

「もうこれ無理だろ」

「分かんねぇじゃん！　何かこう、ワンチャン逆転みてぇなさァ」

「片っ端から道具を使ってみますか?」

「とはいえ碌なものが……あ、こら、何でフィギュアを選っ、あー……」

苦肉の策として魔物フィギュアをかかげたリゼルの駒が、ボスの全体攻撃を食らって力尽きたように倒れた。他の駒も同じく。何処からか寂しげなオルゴールが聞こえ、盤上が闇に包まれる。

それが晴れたと思えば、何事もなくゲームを始める前の状態に戻った盤が残されていた。

「やっぱり現実のようにはいきませんね」

「逆じゃないか？」

残念そうに呟いたリゼルにナハスが思わず突っ込む。

だが運の要素が強いゲームよりも、己の実力が全てである冒険者生活のほうがリゼルたちに合っているのは事実。謙虚という単語に縁のない開けっぴろげのアスタルニア国民にとって、自信を感じさせる発言というのは聞いていて非常に気持ちが良いものだ。

「ねぇリーダー、もっかいやろ」

「勿論、ボスを倒すまでやりましょう」

「やっぱ装備だろ。お前もう宝箱空けんなよ」

机の周りに集い、あれやこれやと攻略法を話し合う三人。

実際に迷宮に潜る時はのんびりと夕食の話なんかをしていることを思えば、何故こちらのほうが真剣なのかと聞きたくなるほどの本気具合だ。アリムはその事実を知らないので、楽しそうなら何よりだと頷くだけだが。

「今度は殿下もやりませんか？　良いですよね、ナハスさん」

「まぁ、危険はなかったしな」

瞳を緩め、柔らかな声で誘うリゼルにアリムは笑みを深めて立ち上がった。

アリムはリゼルの知性を尊敬している。

けれど本当に頭が良いだけの相手だったなら、古代言語の教授が終わった時点で縁が切れることを惜しみはしなかっただろう。学者気質でもある彼は予測がつかないものを解き明かす事こそ好む。なればこそ、摑みようのないリゼルとの付き合いは面白くて仕方がなかった。

「じゃあ、魔法使いにしよう、かな」

「殿下は魔法が得意なんですか？」

「う、ふふ。全然」

そしてアリムは魔法使いの駒に手を伸ばす。

彼の姿を真似た駒は、纏ったローブの布量を増やして全身を覆いつくした。

ドラマCD3　書き下ろし短編

ミッション：廃墟から脱出せよ

リゼルたちは今、ジャッジの店に集まっていた。

今日の依頼も無事に終え、終了手続きをして迷宮品の鑑定品を頼んで、その流れでジャッジとスタッドを引き連れて全員で夕食へ。その席で「なんか面白いモンねぇの？」と無茶ぶりしたイレヴンに、ジャッジが「そういえば」と話して聞かせたのはとある迷宮品のことだった。

没入型のゲームらしいという説明に興味を惹かれ、全員揃って彼の店を訪れた。全員でテーブルを囲み、店での続きとばかりにリゼル以外は酒の入ったグラスを傾けていたのだが、しばらくそうして会話を楽しんだ後にジャッジが思い出したように席を立つ。忘れかけていたが、お目当ての迷宮品がようやくのお目見えだった。

「迷宮品、これなんですけど……」

「でっか」

少しばかり酔いの回った手つきで、しかし丁寧にテーブルの真ん中に置かれたのは廃墟の模型だった。大きさはイレヴンの言葉どおり、長身のジャッジがようやく抱えられるほど。細部まで作りこまれた造形は見事のひと言で、流石は迷宮品だと一同酷く納得してしまう。

「置き場所にも困るし、リゼルさんたちが遊んでくれるならぜひ」

「何でこんなもの買い取ったんですか愚図」

「仕入先の人が底値以下でくれたから、つい……」

「ジャッジ君は商売上手ですね」

いつもより血色の良い頬を緩ませ、ジャッジは照れたようにふにゃふにゃと笑った。

リゼルはそんな彼に微笑み、果実水を手にまじまじと模型を観察してみる。ジオラマ、というのだろうか。廃墟よりひと回り大きなプレートの表面には細かな草が生い茂り、まさに廃墟の景観を表している。造り物とは思えないほど緻密で、何の素材が使われているのかも分からない。

「迷宮品ならこれ迷宮から持ち出したヤツいんの？」

「馬車の扉通んのかこれ」

「馬鹿じゃん」

グラスを揺らしながらイレヴンが笑い、ジルが呆れたように手酌で酒を足す。

ジャッジ曰く、元はどこぞの富豪が調度品として飾っていたものだという。けれど持ち主が亡くなり、何があったのか家業も廃れて資金繰りに困った家族が、少しでも懐《ふところ》の足しになればと売り出したものだそうだ。それが、巡り巡ってジャッジの下にたどり着いた。

「じゃあ何回も遊べんだ？」

「迷宮品にしちゃ珍しいな」

「それが、遊んでみた人はいないみたいで……」

ジャッジの言葉に、スタッドは何かを覗き込んでいるリゼルを見ながら口を開く。

「鑑定されずにただの置物だと思われていたということですか」

「いえ、多分これですね」

リゼルは伏せていた視線を上げて、瞬きもなく見つめてくるガラス玉のような瞳を見返した。ちょいちょいと手招いてみせれば、スタッドだけでなく他の三人も、椅子の上で体を傾けたり立ち上がったりしながらリゼルの手元を覗き込んでくる。

リゼルの手元、つまり模型の正面。廃墟の扉の手前には、その庭に埋め込むように小さなプレートが横たわっていた。艶のある黒大理石のようなそれに金字で刻まれていたのは、〝ＥＳＣＡＰＥ　ＧＡＭＥ〟という題字とたった二つだけのルール。

「扉を開けばあなたたちは屋敷に囚《とら》われる、あなたたちは脱出しなければならない」

「こんだけ？」

「そう、これだけです」

訝しげなイレヴンに、リゼルは悪戯っぽく目を細めた。

「脱出できなければ？」

「あー、そういうの。んなワケねぇのに」

「えっ、何で……」

「迷宮品だから」

皮肉っぽく告げたイレヴンにジャッジも、そして同じく疑問を抱いていただろうスタッドも納得したようだった。全く迷宮に関心がなかっただろう前の持ち主とは違い、普段から冒険者と関わっている二人だけあって受け入れるのが早い。

迷宮品が遊びと言ったら遊び。更にジャッジが鑑定して危険はないと判断したならば危険はないのだ。もし万が一にも危ないものであったならジャッジはリゼルたちを誘っていない。むしろ先程の「何で」は、鑑定する以外で危険がないと断言できる手段があるのかという疑問だった。

「結局やんのか」

「やりましょう。ほら、ジルも」

「囚われるって何？　どうなんの？」

「ゲームが終わるまで離れられない、とかかな……」

「朝までに終わらないと困るんですが」

そして五人は酒を片手に模型を囲み、代表してリゼルが廃墟の小さな扉に触れる。


気付いたら廃墟の一室にいた。

昔は煌びやかな屋敷であったのだろう。けれど今は見る影もなく、毛足の長い絨毯は鮮やかな色が煤《すす》けてしまっている。目の前にある書架の隅には弱弱しい蜘蛛《くも》の巣が埃にまみれ、本の背表紙は日の光にすっかり色褪《あ》せていた。

今は、太陽光などないが。視界に映る光景はランプの灯りにちらついている。

「……あ、え？」

ジャッジは一歩も動けないまま、無意識の内に吐息まじりの声を零した。己を守るかのように両手を畳み、大きく跳ねた心臓を耳の奥に感じながら首を動かす。うまく動かず、自分の首が錆びたネジになったようだった。

「リ、ゼル、さん」

再び零した声はか細い。

ジャッジはただの道具屋だ。客の冒険者と幾ら話そうが、リゼルから迷宮の話を聞こうが、何千もの迷宮品を見てきていようが、日々変わらぬ日常を過ごしている一般国民に変わりない。知らない内に知らない場所にいた、などと恐怖でしかなかった。

助けを求めるように、壁を向いていた体で恐る恐る後ろを振り返った。

「開きません」

「情緒ねぇー」

「迷宮品だし、ちゃんとした手順を踏まないと開きませんよ」

すぐ後ろでは、スタッドが扉を氷漬けにしてぶん殴っていた。

混乱のあまり音が脳に届いていなかったらしい。ジャッジは安堵《あんど》したように肩の力を抜いた。普段から猫背気味の背中を更に丸め、そして気を取り直したかのようにリゼルの元へと小走りで駆け寄る。

「リゼルさん、ここは……」

「あ、ジャッジ君は慣れてないから驚きましたね。大丈夫ですか？」

「はい、あ、状況は、よく分かりませんけど……」

「そのままだろ」

ジャッジの後ろから声がかかる。どうやら窓の外を確認していたらしいジルだ。彼がやってきた方向を見てみれば、分厚いカーテンに覆われた幾つかの窓の内の一つで、カーテンが開け放たれているのが見えた。どうやら夜らしい。それが実際の時間とリンクしているのか、それとも〝それっぽい雰囲気が出るから〟という理由でそうなっているかはジャッジには分からなかった。

「廃墟から脱出しろっつうゲーム」

「あ、そうですよね……」

いや、そうなのだろうか。これは果たしてゲームのクオリティなのだろうか。

ジャッジはひとまず考えることを止めた。自身の鑑定眼を信じることに決めたともいう。

「窓は割れましたか一刀」

「割れねぇよ。試してもねぇけど」

「スタッド君は効率的ですね」

「ゲームなんだからゲームしろよ能面」

ある意味、最も真面目に脱出に取り組んでいるスタッドにリゼルは微笑ましげだ。

とはいえこれは迷宮品。迷路があっても壁抜けなど不可能であり、課される試練から逃れることなど許されず、用意されたギミックを真正面から乗り越えなければならない迷宮からの出土品だ。ルールに則《のっと》って正規の手段で脱出するのが一番の近道だろう。

「ひとまずの目標は、この部屋から脱出することですね」

「窓はどれも開かねぇ。鍵もねぇな」

「じゃあやっぱそっから？」

イレヴンが扉を指さす。スタッドが氷漬けにしたはずだが、その面影は何処にも残ってはいない。氷だけ砕けて消えてしまった。

「鍵穴はありますが」

「なら鍵探しですね。隠し扉がなければ、ですけど」

スタッドがドアノブに手をかけて引くも扉は開かない。けれどガチャガチャと金属音を立てて揺れるのだから飾りという訳ではないのだろう。そう結論付けて、リゼルたちは家探《やさが》しを開始した。

「子供向けのゲームならそれほど難しくないと思うんですけど」

「子供には、この雰囲気はちょっと怖いと思います」

「なら手応えがありそうですね」

楽しげなリゼルに、ジャッジも少し楽しむ余裕が出てきた。

少しばかり酔って高揚しているというのもあるだろう。つまり現状は酔っぱらった男五人の脱出ゲーム。何だか微妙だな、とジャッジは最初に目にした書架に足を向けながら思った。いや、リゼルは飲んでいないが。ジルもイレヴンも酒に強いのでそれほど酔っている感じはしないが。スタッドが割とギリギリな気もするが、彼は酔った直後に寝始める代わりにそれまでは素面と変わらない。

お酒に強いのは憧れるなと、そんなことを思いながら一冊の本に手をかける。

「何にも書いてない……」

「残念です」

同じように本が気になったのか、隣に立ったリゼルが開いた本を覗き込みながら告げる。

「本を開いたらページがくり抜かれていて鍵がっていうの、ありそうじゃないですか？」

「わ、分かります！」

顔を見合わせて笑みを零す。そのままリゼルは書架の調査をジャッジに任せ、他に目ぼしいところがないかと別の場所を探し始めていた。ジャッジはよしと気合を入れて、上から順番に一冊ずつ手にとっては中を調べてみる。その途中、他の四人は何処を探しているのか気になって密かに窺ってみれば、それぞれが好き勝手にあちらこちらを探していた。

この部屋は廃墟に暮らしていた誰かの私室なのか、ベッドや書き物机、調度品が置かれている。壁には絵画が飾られ、床には絨毯が敷かれ、衣服が仕舞われているだろうキャビネットもあった。

「見たことねぇ銀貨あんぞ」

「凝ってますね」

「それ持ち帰れんの？」

ジルは順当に机の引き出しを上から順番に開けていた。

色褪せた羊皮紙に目を通し、見知らぬ銀貨に目を凝らし、それらを元の場所に戻して引き出しを全て閉めたかと思いきや、ひょいと机を持ち上げて後ろに何か落ちていないか確認している。重厚な机を軽々と持ち上げているが、恐らくそんな確認の仕方は想定されていないのではないか。ジャッジはそう思ったが口には出さなかった。

「多分持ち帰れないと思いますよ」

「なんだァ」

「てめぇこういう探しモン得意だろ」

「はァー？　コソ泥とか趣味じゃねぇんだけど」

ニィサンはすぐそういうこと言う、と不満げなイレヴンに、ならばどういうことなのかとジャッジは言葉の真意を探ろうとして止める。気付いたらいけないことのような気がしたからだ。色々と怖い。聞かなかったことにした。否定の割に、枕の下だったり棚の上だったりを調べるイレヴンの手付きはこなれていたが。

「そういうのが得意なほうが見つけにくいかもしれませんね」

「何故ですか」

「ほら、ゲームなので。隠し場所に日頃の利便性とかはいらないでしょう？」

壁にかけられた絵画の裏を覗いていたスタッドが、リゼルの言葉に納得したように頷いている。彼はそのまま次の絵画のもとに向かい、そこに描かれていた謎の動物と向き合っていた。そのまま躊躇なく、べリべリと額縁に嵌め込まれた絵画を破り始める姿は酷くシュールだったが。見なかったことにする。

「ならゲームっぽいことすりゃ良い？」

「ジル、手記とかに何か書いてないですか？」

「珍しい銀貨を手に入れた、つうのはある」

「あー、ヒントっぽいヒントっぽい」

「じゃあ見つけた銀貨は持っていきましょうか」

何に使うのか分からないけど、と楽しそうなリゼルは先程から絨毯の上を歩き続けている。絨毯の裏に何かないかと靴裏の感触で探しているらしい。

ジャッジは見ていたが、最初は普通に手で絨毯を裏返そうとしていたのだ。けれど指先で摘んだ途端に傷みきった絨毯の毛足を毟ってしまい、その毛玉をどうしたら良いのか分からず所在なさげに見下ろして、ごみ箱を探すも見つからずにそっと床に置いていた。それが何だか嫌だった、というより家人の部屋を荒らすのを控えようと思ったのか、それからのリゼルは絨毯の上をなるべく隙間なく歩いている。

「あ、何か踏みました」

「リーダー俺やる俺やる。あー……おっ、銀貨二枚目！」

「絵画の中に屋敷の見取り図がありました」

「スタッド君、流石ですね」

楽しげに脱出方法を考えるリゼルたちに、ジャッジの心も恐怖を忘れて徐々に浮足立つ。

彼はよし、と気合を入れて次々と本を開き、そして何冊目かでついにそれを見つけた。

「三枚目の銀貨、見つけました！」

そしてイレヴンがキャビネットに仕舞われた衣服のポケットから鍵を見つけ、五人はひとまずスタートの部屋から足を踏み出すことができたのだった。

窓の外からは時折鳥の鳴き声が聞こえてくる。

何の声なのだろう。そんなことを考えながら、ジャッジは隣を歩くリゼルとの距離を少しだけ詰めた。そもそも真夜中の廃墟というシチュエーションが普通に怖い。一周回って楽しくなる、という境地にはいまだ至れそうになかった。

イレヴンと一緒に見取り図を確認しながら歩いているリゼルが、落ち着けるように背中を撫でてくれるのに安心する。同時にスタッドに蹴られた。何となく予想はしていた。

「痛っ、スタッドは別に怖くないから良いでしょ」

「それとこれとは話が別です」

「別じゃないと思うけど……」

「そもそも何が怖いんですか」

「え、何がって……ほら、その絵とか……」

一同を先導するように歩いていたリゼルの足が止まる。ジルとイレヴンと一緒にああでもないこうでもないと話し合う姿を見るに、本当ならば突き当たりの扉を開けば玄関ホールに出られるのだろう。けれど開かないものだから、どのルートをとれば良いのか相談しているようだ。

こういう時、冒険者というのは頼りになるなと。普段から迷宮で似たようなことをしているだろう三人を憧憬《どうけい》を込めて眺め、ジャッジは「一体ただの絵の何が怖いのか」と言いたげなスタッドへと向き直る。

「夜の廃墟に肖像画ってだけで怖くない？」

「だから何が怖いのかと聞いているでしょう愚図」

「えっ」

これで通じないのならもはやどうしようもない。

全く理解できないと言わんばかりの姿は、いわゆる怖い話というものに全く馴染んでこなかったのだと納得させた。恐怖するための下地がない。無駄に最悪の事態を想定して無駄に恐怖するという制御できない想像力とは全く縁がないのだろう。流石はスタッドだ、いっそ物凄く頼もしかった。

「僕とかは、絵画の目が動いたらどうしよう、とか考えちゃうけど……」

「絵が動くはずないでしょう愚図」

言いながらスタッドはピースを作った指を肖像画の両目に叩きこんだ。

ドスリ、と指を壁に突き刺したような音。まさかの目潰しに目撃していたジルは引いた。

「うわーっ」

「これで分かったでしょうその方から離れてくれませんか」

「ム、ムリ……っ」

ジャッジは縋《すが》るようにリゼルの冒険者装備の上着を握った。無意識ながら、力加減はリゼルに負担をかけないよう控えめだ。こいつの尽くし力凄ぇな、と一瞥したイレヴンは微妙に引いた。

「玄関に繋がる廊下が他にないんですよね」

「じゃあここ開ける用のカギ探す？」

「つっても鍵穴もねぇだろ」

「やっぱり途中の部屋も見なきゃ駄目でしょうか」

ひとまず最短で、とここまでは寄り道せずに歩いてきた。

納得したように頷いて歩き出すリゼルに、方針が決まったようだとジャッジも丸めきった背筋を伸ばす。褒めるように背中を優しく叩いたリゼルの手が、そのままスタッドへと伸ばされてその髪を撫でた。二人はご満悦を隠そうともせずその背に続く。

「お試し迷宮って感じ」

「迷宮って、こんな感じなの？」

「これ百倍殺伐にすりゃ本物」

やっぱり迷宮には一生潜ることはないだろうな、とジャッジは情けない顔をした。

「……その、魔物とか」

「出ねぇよ」

ジルから返答があった。安堵する。

どうして分かるのだろうと思ったが、時々耳にする気配とかいうものだろう。気配を感じる、と言ってみたい気持ちはジャッジにも密かにあるのだが、感じたところで客の来店を悟れるだけなので有効活用できない。悟れたからと言ってどうすれば良いのか。扉の真ん前で待機していれば良いのか。そんな店は怖いな、と内心で結論づける。

リゼルも時々「気配を感じたい」などと真剣な顔で言っているが、それについてジャッジは密かな〝リゼルにそういうのはいらない派〟所属。同派閥《はばつ》にはイレヴンとスタッドも所属している。つまり、気配を感じなければ危険な状況にリゼルを置いておく気がない、という強すぎる自負と自己の表れであった。

その時、ふいにカタリと物音がした。ジャッジの肩が跳ねる。

「ひぇ」

「お、どっか音した？」

「こっちの部屋でしょうか」

物音がしただろう部屋にリゼルが躊躇なく入っていく。こういうところ図太いよな、とはジルの談。ジャッジも少しばかり申し訳なく思いながらも同意するように頷いた。

入った部屋は厨房だった。食材は全く残っておらず、冷えた空気だけが残っている。広いテーブルの上には乾いて割れたまな板と、綺麗に洗われたまま埃を被っている皿が数枚。そして、ネズミ捕りが一つとその中でうろつくネズミが一匹。不思議とネズミはやせ細った様子もなく、細く長い髭《ひげ》をしきりに動かしながら動き回っていた。

「この子の音だったんですね」

「銀貨がありますね」

覗き込んだリゼルの隣で、同じく淡々と眺めていたスタッドが手を伸ばす。

彼はそのまま指を檻の隙間に突っ込んだ。物凄い勢いで噛みつかれていた。

真っ先にイレヴンの爆笑が響くなか、流石のリゼルも驚き、ジャッジが慌て、ジルが呆れたように檻を上から叩く。驚いたネズミが口を離すと、スタッドは無表情のまま指を引き抜き、何かが信じられなかったのか助けを求めているのか血の滴る指先をそのままにリゼルを凝視した。

「大丈夫ですか？　痛かったですね」

「痛かったです」

「回復薬、効くでしょうか。病気になったら困りますし」

「迷宮品でそこまではしてこねぇだろ」

「今まさに流血しましたが」

「スタッド、それ、たぶん想定外の行動すぎたんじゃ……大丈夫？」

手当てを受けながらリゼルに思う存分甘やかされてご満悦なスタッドだったが、爆笑しすぎて咳《せ》き込んでいるイレヴンのことがよほど鬱陶しかったのだろう。リゼルの死角でその足先へと靴裏を叩きつける。しかし、もはや引き笑いで酸欠になりつつあるイレヴンも流石は冒険者。すかさず躱して反撃に転じていた。

その間、ジャッジはならば自分が頑張ろうとばかりにネズミへと向き合った。

「これ、ネズミって、逃がしても大丈夫でしょうか」

「良いんじゃねぇの」

「じゃあどいてもらって……あれ、逃げてくれない、ほら、開いてるよ」

銀貨の上に煤色の腹毛を乗せ、陣取っているネズミは意地でも銀貨の上からどかない。

「ひっくり返しゃ良いだろ」

「か、可哀想なので。ご、ごめんね、銀貨だけ……う、凄い鳴く……」

チュヂュヂュヂュヂュヂュッと威嚇《いかく》してくるネズミにジャッジは半泣きになりながら、何とか薄いまな板を檻の隙間に差し込んで銀貨を手に入れた。大きなネズミの本気の威嚇は想像以上に迫力があり、失敗したら指を食いちぎられるのではと思うほどだった。雑食性の本気を見た。


その後も五人は脱出を楽しんだ。

広い食堂のテーブルに置かれた燭台の灯りを灯し、隠し扉を見つけ、そこで見つけた暗号を解読した場所で新しい鍵を手に入れて。あっちでもない、こっちでもない、そう言いながら廃墟をうろついてたどり着いたのは、恐らくこれまでの集大成だろう部屋だった。

位置的には玄関から最も遠い。けれど見落としがなければ、ここから脱出できなければ他に方法はない。リゼルがそう言うならばこの部屋が最後なのだろうと、少しばかりの迷宮の意地の悪さを感じながらリゼル以外の四人は部屋の四方に分かれた。

それぞれの目の前には、銀貨一つ分の横長の穴が空いた壁。くぼみは東西南北に四つ。そして銀貨は四枚とも絵柄が異なり、上る太陽、沈む月、そして星と、暖かな風。ならば、そういうことだ。

「これ嵌めると出れんの?」

「他にやることもねぇだろ」

「とはいえ、扉は入ってきたところしかないんですよね」

罠だったらどうしよう、と思うもののジルの言うとおり他に方法もない。

最終確認、とばかりにリゼルが部屋の真ん中に立つ。部屋はガランとして何も置いていない。天井からは鎖でぶら下がるランプが一つ。頭上にあるそれの底には、真ん中に描かれた丸から四方に伸びる矢印が描かれている。方法としては間違いないはずだ。

「じゃあ、せーので嵌めてくださいね」

「はい」

「は、はいっ」

ジャッジとスタッドの返事に微笑んだリゼルが「せーの」と合図した。

四人がそれぞれの穴に銀貨を差し込めば、それが壁の中を転がっていく音がした。それはコロコロと壁沿いに移動しているようで、やはり何らかの仕掛けがあったのだろう。ジャッジはようやく脱出できるという安堵と、楽しい遊びが終わってしまう少しの寂しさを感じながら小さく息を吐いた。

そして、四方で同時にカタンッと銀貨が何かにはまり込む音がした。

「あ」

同時に、部屋の中央で何かが落ちる音とリゼルの声。そちらを向けば、床に落ちた何かを拾うリゼルの姿があった。よくよく見れば落ちてきたのは鍵のようで、リゼルは手にしたそれを見て首を傾げている。

「もう鍵を使うような扉はなかったと思ったんですけど」

「えー、見落としあった？」

イレヴンが持っていた見取り図を雑に開こうとした、その瞬間。

ガコン、と大きく部屋が揺れた。いや、そう感じただけかもしれない。ジャッジはぽかんと口を開けて天井を見上げていた。徐々に迫りくる、徐々に低くなっていく威圧感のある石壁を。一番近くにいたジャッジが咄嗟に扉に手をかけるも、ドアノブが耳障りな音を立てるだけで押しても引いても開かない。

そしてジャッジは、リゼルたちがそうしているように泣きそうになりながらも駆けた。

「おい」

ひとまず全員ジルの下に集合した。何だか落ち着いた。

「俺があれ受け止められる前提で動くな」

「ジルならできるかな、と」

「やったことあんじゃん」

落ち着いた理由が何となく分かった。

今も天井は少しずつ沈んできている。早く出なければ潰される、ことはないだろうが脱出失敗だ。いや、ジャッジにしてみれば潰されないと分かっていても滅茶苦茶怖いのだが。もはや本能的に怖い。命の危機を感じて心臓が跳ね回っている。

「ど、ど、どうしましょう……っ」

「そうですね。まず、この鍵が使える扉を探さないと」

「つっても入ってきたとこ出れねぇし」

言いかけたイレヴンが、ふと視線を床に向ける。片眉を上げ、二股に割れた舌を唇に這わせ、にんまりと笑って数歩だけ部屋の中を歩いた。部屋の隅で、靴裏を何度か床に叩きつける。

「頭でもおかしくなりましたか」

「はァ？　無能に代わって隠し通路見つけてやったんだよ」

隠し通路、とリゼルが目を瞬かせる。わらわらと全員で部屋の隅に集まり、ぽつんと置かれていた花瓶を飾る脚立《きゃたつ》をどかしてみれば、その脚があった位置に小さな鍵穴があった。

「よく分かりましたね、イレヴン」

「なんか音ヘンだなって思ったんスよね」

褒めるようにしゃがんだままの頭を撫でられ、機嫌が良さそうなイレヴンがリゼルから鍵を受け取った。早く早く、と急かされながら鍵を回せば小さく床板がずれて取手が現れる。引き上げれば、地下の通路に繋がる狭い穴が現れた。

「これ、僕、通れるかな……」

「俺だって微妙だろ」

「ジャッジとニィサンはなァ」

「大丈夫ですよ、迷宮品ですし」

恐らく絶対に無理ということはないはずだ。

確信したように頷いたリゼルに、ジャッジも安心してふにゃりと相好を崩す。そして先に下りたイレヴンとスタッドが待つ穴へ、リゼルが先に下りたほうがと遠慮しながらも足を突っ込んだ。

「痛たたたたたたっ」

「もう少し頑張りなさい愚図」

「頑張ってるけど、これ、肩が入らない……っ」

「無理やり通せって、おら、足引っ張ってやっから」

「ジャッジ君、バンザイしてください。バンザイ」

「ちょ、ズボン引っ張ってるの誰、脱げ、脱げる、脱げてる……っ」

ジャッジはリゼルが上に残ってくれていることに感謝しつつ、結局ジルが天井を押さえていてくれている間に物凄く頑張っていた。あと少しが通らない。その顔は赤くなったり青くなったりと忙しない。

「やっぱ頭から入ったほうが入んじゃねぇの？」

「え、じゃあ一回出……、……その、ズボンどうなってる？」

「公衆の面前でも辛うじて憲兵を呼ばれない程度では」

「パンツは脱げてねぇから余裕だろ」

そんなギリギリな姿をリゼルには見せられない。

ジャッジはリゼルを憧れの対象として見ている。また、鑑定士として見出した価値に相応しい扱いをしなければと本人も自覚しないまま動いている。彼の原動力はここにあった。美術品を扱うのと同じように、それが当たり前だというように彼はリゼルの環境を整える。たとえリゼルがそれを望むまいと、ジャッジはそんなもの関係ないとばかりに尽くすのだ。幸い、リゼルは気にせず尽くさせてくれるし喜んでくれるので、ジャッジの強烈な自己は〝少し大げさな親切〟にとどまっているのだが。

つまり、そんな相手にパンイチを晒《さら》せるかというと、できる訳もなく。

「やっぱり、このまま頑張る……っ」

「良いけど腹丸見え」

「もうズボン引っぺがして引っ張って良いですか」

「片方だけでも肩が通れば行けますよ。頑張って、ジャッジ君」

「こっち気にしてねぇでさっさと行け」

ジルの台詞《せりふ》はもう少し違うシチュエーションで聞く台詞ではないだろうか。ジャッジは頭の片隅でそんなことを思いながら懸命に体を押し込み、最終的に尻もちをつくように何とか地下通路へと下りることができたのだった。

その後にはリゼルが続き、最後にはジルが軽い身のこなしで下りる。途中、見覚えのあるネズミとすれ違いながらも進めば、地下通路は玄関ホールに繋がっていて見事全員で廃墟を脱出することができた。


廃墟の扉を開け放てば、そこは見慣れた道具屋のひと部屋で。

気付けば五人はテーブルの真ん中に鎮座する廃墟の模型を眺めていた。【GAME CLEAR】というやけに声の良いアナウンスが何処からか流れ、廃墟にある無数の小さな窓からは強い光が明滅し、二つある煙突からは細かな紙吹雪がポンッと飛び出しては部屋を舞う。中途半端に酒の残ったグラスや、一つ二つツマミの残った皿に囲まれ、一気に賑やかさを増した廃墟には既に、最初に目にした時のような調度品としての美しさなど微塵も感じられなかった。

「楽しかったですね」

「楽しかったけどこれはねぇと思う」

満足げに微笑んだリゼルに、イレヴンは胡乱な眼差しで模型を眺めた。

こんな情緒のない祝われ方をするならば何もせずに脱出できた喜びだけで充分だった。そう言いたげなイレヴンにジルをはじめ、ジャッジもスタッドも概《おおむ》ね同意した。リゼルだけが折角祝ってくれてるのに、と不思議そうであったが。

「あ、扉の取手に鎖が巻かれてますよ」

「遊べるのは一度きりでしょうか」

「ぬる」

「げぇ、マジで？」

いまだ眩しい模型に目を細めながら戯れているリゼルとスタッドの隣で、飲みかけの酒を口に含んだジルが眉間に皺を寄せる。見れば氷はすっかりと溶けていて、どうやら廃墟の中で過ごした時間だけ現実でも時が過ぎていたのだろう。

一体どれくらい遊んでいたのかと、ジャッジは窓のほうを向いてみた。

「……あ、朝」

カーテンの隙間からは夜明け特有の白くて爽やかな光が差し込んでいる。

聞こえる小鳥の声に、散々飲んだうえに寝損ねた頭が重い。先ほどまで大はしゃぎしていたはずだが、全力で遊んだ後の脱力感というものにはどうにも抗《あらが》いがたかった。店、休みにしようかな、なんて心の中で零す。

「ひと晩遊んじゃいましたね」

「なんか気付いたら眠くなってきた」

「宿帰るぞ」

「私はギルドで仕事です」

「頑張ってください、スタッド君」

グラス同士の口を寄せ合い、そこに指を入れて何個か纏めて持ち上げようとするジルを、ジャッジは慌てて止める。片付けくらい自分がやるから、と説得してそのまま四人を送り出した。礼を言って去っていったリゼルの背を見送って、持ち上げていた手を口に当てて欠伸を一つ。店を開くか、どうするか。簡単に片付けている間にも決めれば良いだろう。どうせ開けるのだろうなと、自分のことながら予想できてしまうのだが。

そしてジャッジは店内に戻り、結局これはどうしようとようやく静かになった模型を眺めるのだった。

書き下ろし

小説家インタビュー（する側）の一部始終

「んあー……」

小説家はここ数日、新作の構想に頭を悩ませていた。

本人にとっては不本意な幼い見目。それに似つかわしくないほどの眉間の皺を深く刻み、自室にある椅子の上でゆらゆらと上体を揺らす。目にかかって鬱陶しい前髪を避ける仕草が大人びており、それだけが彼女の実年齢を物語っているようだった。

彼女の代表作は恋愛物。あらゆるジャンルに手は伸ばせど、最も名を売ったのは〝ヴァンパイア〟という恋物語だった。自身でも、恐らくそれらが向いているのだろうという自覚はある。よって新作もそうしようと考えていた。

「んんー……」

なんとなくの構想は既にできている。

主人公兼ヒロインは王宮仕えのランドリーメイド。そんな彼女が、数々のトラブルに巻き込まれながらも持ち前の図太さで周りの人間を惹きつけていく。図太さというとヒロインらしくないだろうか。メンタルの強さ、物怖じしない気丈さ、良い意味での鈍感さ、ようはそのあたりだ。根性ともいう。いや、根性というのもヒロインらしくないだろうか。閑話休題。

「あー……でもなぁー……」

ヒロインを取り巻くのは幾人もの異性。

洗濯係と周りから揶揄される度に気弱そうに笑っている同僚。

平民の出で王宮に出入りするようになった裏表の激しい商人。

よく顔を合わせる少しだらしなくも明るくて気の良い冒険者。

ひょんなことから出会った装飾職人の皮を被ったアウトロー。

そして、考えもしないところから交流を持つようになった国王など。

物語において、逆ハーレムと称されるジャンルの立役者である小説家の本領発揮。そんな作品になるだろう。読者受けなど多少の打算はあるものの、小説家も基本的にはこういった話が肌に合う。握ったペンが止まらないというものだ。

「でもなぁーーー!!」

問題は、登場人物が馴染みのない立場の者ばかりだということ。

そもそもヒロインのランドリーメイドという職からして難しい。なにせ小説家は大の洗濯嫌い。家事の中で何が一番嫌いかというと間違いなく洗濯だった。記憶にある母親の手元を真似て何とかこなしているものの、素材の違いで洗い分けるような配慮もなければ知識もない。濡らして泡立てて縄に引っかけておけば良いのだろうと、そう開き直っていた。

だが、まさか王宮仕えのランドリーメイドにそんな真似をさせる訳にはいかない。

更にはヒロインを取り巻く男たちだ。これまでも色々な異性をどうにかこうにか書いてきたが、今回はそれぞれの職に強く焦点を当てたいと考えている。仕事内容については足を使って調べれば良いが、そういう職についた相手が何をどういう考え方をするのかも可能な限り知っておきたかった。

「王様とかどう……どういう何……?」

小説家は虚空を見上げながら思考を放棄した。

「あ、依頼出しにいこ……」

近頃の彼女は、困ったらひとまず冒険者に依頼を出そうとする。

それが冒険者に向ける類の依頼ではないことなど気にしない。困ったら何でもどうにかしてくれる人、思考の停止した小説家は冒険者のことを心の底からそう信じ込んでいた。実際に今までも何とかなってしまっているのだから認識を改める機会と出合えないままでいる。それもこれも、すべてはとある冒険者パーティのせいだった。

彼女は何を依頼するのかも不明瞭《ふめいりょう》なままフラリと家を出て、最近になってようやく一人で入れるようになった冒険者ギルドへと向かう。そして虚ろな目であまりにも場違いな依頼を口にし、屈強なギルド職員を酷く困らせたのだった。断られかけたが押し通した。


そして今、小説家は馴染みの喫茶店でリゼルと向き合っていた。

「ぜひ俺に、とのことでしたが」

「あれ、そうだっけ？　私、指名依頼は出してないはずなんだけど」

不思議そうなリゼルに、小説家も不思議そうに首を傾げる。

今日の彼女は、ようやく悩みが解決するかもしれない希望に正気を取り戻していた。虚ろであった目もぱっちりと開き、蒼白であった顔色もしっかりと血が通っている。ギルドに依頼を出しに行った記憶は何故か曖昧だが、それでも目の前の穏やかな冒険者を指名した覚えはなかった。

「俺で大丈夫でしたか？」

「うん、勿論。むしろ有難いかなって！」

配慮するようなリゼルに、変な心配をかけてしまったかと小説家は力強く断言してみせる。

実のところ【王族と商人と冒険者とアウトローと洗濯について聞きたい】という、冒険者ギルドに持ち込まれるには異端すぎる依頼を受けてしまったギルド職員が弱りきって、いかにも何とかしてくれそうなリゼルに話を持ち込んだというのが真相だ。リゼルにしても親交のある小説家が依頼人、更には依頼内容からして次回作の構想が迷走しているんだなと的確すぎる見当をつけ、本のためならば協力してあげたいと考えて依頼を引き受けた。

「今度の小説も登場人物が多そうですね」

「そうなんだよね。パートごとに人数は絞るけど、その分深く掘り下げたいって思ってて」

「ああ、だから職業について調べるんですか？」

「そうそう。仕事内容じゃなくて、その職業にどんな人が多いのかなーとか」

「性格は違っても、その職独特の感性が伝わってきますしね」

「やっぱり⁉」

小説家は身を乗り出した。

彼女の友好関係は決して広くない。趣味もことごとくインドアなのだ。だが友人に劇団の団長を持つ身としては、リゼルの言う感性というものが存在することは知っている。例えば例の団長ならば、会話のペースが一定で滑舌《かつぜつ》も良いので聞き取りやすい。仕草はややオーバーで、感情を仕草で表現するクセがついているのだろう。そして同業の舞台は必ず見に行っている。

「あの子とか見てると、やっぱりそういうのって出るんだなって思うんだよね」

「団長さんは生粋の劇団員なので」

「うん。架空の世界でも、架空の世界だからこそどっかでリアリティは欲しいし」

「読者の没入感に影響しそうですよね」

登場人物に感情移入しない癖に何を、と小説家は思ったが口にはしないでおいた。

頼んでいたコーヒーが運ばれてくる。それを受け取り、ひと口飲んで小さく息を吐いた。

「なら俺は冒険者の参考として呼ばれたんですね」

小説家は辛うじて平静を装った。

「その……というより、色々な人に会ってるかなって。ほら、前も騎士学校に行ったことあるって言ってたし！　護衛依頼とかで色んな依頼人に会ってそうかなって！」

「ああ、成程」

誤魔化《ごまか》せただろうか。可笑しそうに笑うリゼルに、小説家はほっと安堵の息をつく。

とはいえ言ったことは嘘ではない。リゼルが来てくれて有難いというのも、不思議な人脈を持っていそうだなと思ったからだ。それこそ王族などと縁があっても全く不思議ではない。

手本のような姿勢と仕草でコーヒーを飲む相手への小説家の信頼は厚い。冒険者としてではなく。

「流石に王族の護衛、とかの依頼はギルドに来ませんけど」

「あ、そっか。じゃあ、そういう人とは会ったことない？」

「いえ、ありますよ」

「あ、そっか。ここの王様……の弟？　に何か教えに行ってたんだっけ」

「そうですね、彼も。後は――」

リゼルが一度言葉を切った。

何かを思い出すように、何かを懐かしむように目元を伏せる姿に息を呑む。その微笑みは、これまでに一度も見たことのないものだった。愛おしげ、というには憧憬が強い。甘やかで柔らかく、けれど親しみは少なく遠く想いを馳せるような。そんな、幸せに満ちた笑みだった。

「他国の国王陛下とか」

「他国の国王陛下とか!?……とか!?」

「機会があって何名か顔を合わせたことがあって」

「機会って何の機会!?　直接会って会話したってこと!?」

「はい、仕事で」

「冒険者すっごい!!」

あまりの衝撃に小説家は叫んだ。それが冒険者の仕事ではないことなど露知《つゆし》らず叫んだ。

こうして彼女は冒険者の間違ったイメージを積み上げていく。その原因であるリゼルには、悪気もなければ間違った認識を植えつけている自覚もない。ここにジルやイレヴンがいれば訂正も入っただろうが、残念ながら不在なので小説家は驚きながらも事実であると受け入れた。

「はー……凄……え、王様ってどんな感じ？　偉そう？」

「そういう方もいますよ。それが普通でそうしている方が多いというか」

「あ、確かに。謙虚な王様ってあんまりイメージ湧かないかも」

「謙虚すぎても守るべきものを守れませんしね」

ほう、と小説家は感心するように息を吐く。

すると、それに気付いたリゼルが少しばかり愉快げに目を細めた。

「慎重ではあるべきですが、謙虚は度が過ぎれば悪癖になり得るので」

「美徳だと思うけどなぁ」

「敵がいなければそれでも良いんでしょうけど」

「敵？」

「そう、敵」

敵か、と小説家は頷きながらもピンと来ない。

アスタルニアが戦争を経験したのは遥か過去のこと。小説家もそういった本を書く際に調べたにすぎず、歴史学者ほど詳しくはないが、このアスタルニアも昔々には複数の部族がそれぞれ幅を利かせていたという。当時は小競り合いもあったようだが、やがて統合して一つの国となった。よくあること、と言ってしまえばそれまでだ。

その名残が今の森族だというが、本当かどうか。実感など全く以てなかった。

「そんなに戦争が盛んなとこがあるの？」

「戦争だけじゃないですよ。敵って言ったのが分かりづらかったかもしれないですね」

「どういうこと？」

「言い方を変えれば、いろいろな権利を争う競合相手です」

「競合……敵対国が邪魔してくるってこと？」

「友好国だってそうですよ。どこの国だって利権は掌握《しょうあく》しておきたいですし」

「友好国なのに？」

「仲が良ければ武力に頼らず折り合いをつけられます。それでも、競合相手は競合相手ですけど」

「あ、そういうことか。へぇー、うん、分かりやすいかなって」

小説家は何度か頷いた。

折り合いをつけるにも、自らの権利を主張できなければ話にならない。小説家とて、友人である団長と脚本提供について話し合う時には一歩も譲らないのだ。互いの主張がぶつかれば、時に言い争いになることもあるだろう。幸いなことに例の友人とは、今のところ金銭面で喧嘩になったことはない。譲れない演出などについての言い争いが大半だった。

「民の安寧《あんねい》を思えば、国は豊かであればあるほど良いですしね」

「うんうん、蹴落とし合いとはまた違う感じのかも。まさしく競い合いって感じ」

「そうですね」

「じゃあ、王様は強気なほうが良いかなって」

「後は、そうですね……人徳があれば優秀な部下が集まるでしょうし、そうすれば必ずしも国王が強気な必要はないのかも」

「あ、そういうのもアリなんだ」

参考になるな、と小説家は鼻歌を歌いそうになりながらメモを取り出す。

もはやリゼルが何故そこまで知っているのかという疑問は浮かばない。今更だ。

そうしてリゼルから聞いた話をメモしながら、冗談交じりに明るい声でそれを告げる。

「じゃあ自己主張しっかりしてて人望あって部下にも恵まれてる王様がいれば最強かも！」

上げた視線の先には、酷く嬉しそうに目元を緩ませるリゼルがいた。

その翌日、小説家は馴染みの喫茶店でジルと向き合っていた。

黒衣の圧倒的強者と、幼く見える小説家の組み合わせに店員の目は釘付けだ。

「……」

「きょ、今日は来てくれて、ありがとね」

何故こんなことになったのかは、つい昨日のこと。

リゼルと国王という職について十分に話し合い、ならば次は冒険者について調べたいと口にした小説家は、なんでも聞いてほしいと自信ありげに告げたリゼルに不安になった。いや、必要なことを聞いたは聞いたのだ。だがそれが一般的な冒険者に適応されるのかが全く分からず、ひとまず曖昧に頷きながらもひとまずの情報収集を終えた。

だが、失礼だとは思いながらも不安は消えず。冒険者は王族と違って身近に何人もいるのだから、できれば複数に話を聞いておきたいと告げる小説家にリゼルが紹介してくれたのが冒険者最強だった。いや、小説家は冒険者最強という存在を知らなかったが。

『じゃあ、とっておきの冒険者最強を紹介しますね』

『最強とかいるんだ。怖いけどぜひ話を聞いておきたいかも……お願いしていい？』

『大丈夫、怖くないですよ。じゃあ話は通しておくので、また明日この喫茶店で』

そんなやり取りを交わし、ドキドキしながら待つ小説家の目の前に現れたのがジルだった。

凄く見覚えのある顔に、普通に「ジルを紹介しますね」と言ってくれれば良かったのにと思わずにはいられない。眉間に皺を寄せ、どこか不本意そうに目の前に座る相手に手汗が止まらなかった。

「ええと、それで冒険者について、あ、コーヒー飲む……？」

小説家の言葉に、彼は何かを諦めたように深く息を吐いた。

張り詰めた空気が緩む。そこでようやく、小説家はガチガチに固まっていた肩の力を抜いた。

「ああ」

「う、うん、じゃあ頼むね！　えっと、あー……っと、何だっけ、ええと」

「冒険者の何が知りたいんだよ」

「あ、そうそう。それなんだけど」

小説家は先日のメモの束を取り出した。

そこから冒険者についての用紙を引っ張り出し、そっと視線を逸らす。

「何がっていうか……裏取りっていうか……凄く申し訳ないんだけど……」

「……あいつのか」

「うん……」

向けられる同情を含んだ視線に、ガラは悪いけど良い人かもしれないと感無量だ。

小説家は安堵と感激にじんと心を震わせながら、なるべく早く終わらせようと本題に入る。

ジルにしてみてもそう長々と拘束されたくないだろう。そう思っての行動だった。

「その、今度気さくな冒険者っていうのを書きたいんだけど」

小説家は、先日リゼルにもした質問を再度口にした。

「純粋に気さくな冒険者っているの？」

こいつ怖がってくる割に歯に衣着せないよなと。

そんな目で見られた。とても伝わってきた。だが小説家としては引け目など感じぬ質問だ。

なにせアスタルニアの冒険者といえば荒くれ者ばかり。遠慮がないという意味で気安くはあるものの、取っ付きやすいかというとまるで違う。小説家だって、最初は冒険者ギルドに足を踏み入れることすら躊躇していたのだから。今や極限状態で依頼を出すまでに成長したが。

「あいつはなんて言ったんだよ」

「皆さん気さくですよ、って穏やかな微笑みで言われたかな」

「忘れろ」

忘れることにした。一応控えておいたメモにも弱々しく横線を引いておく。

「……」

ふと黙った相手は、運ばれてきたコーヒーには一瞥もくれず窓の外へと視線をやった。

眉間の皺が深まっているのは、心当たりを探ってくれているのだろうか。リゼルのパーティメンバーでもあるし過剰に腰が引けることはないが、普通に怖いので口を挟まず返答を待つ。

「……それっぽい冒険者は知ってる」

「えっ、どんな感じ⁉」

「俺よか歳いった槍使い。取っ付きやすいから護衛依頼の評判も良い」

「あ、そっか、護衛依頼だとそこらへん大事だもんね。成程なぁ」

盲点だった、と小説家はテンションも高くペンを走らせる。

もしかしたら、その条件を伝えればギルド職員からも話を聞けるかもしれない。いきなり最高の情報が出たな、と綴《つづ》る文字にも力が入る。こうなると紙を破いてしまうことが多いので、既成の白紙帳を使えないのが難点だ。分厚い用紙を買って綴じることが多い。

「実力は？　やっぱり人格重視？」

「それなりじゃねぇの」

「それなりってそれなりに強い？　弱い？」

「……AだかBだかに認められるだけの実力はある」

「それくらいの人ってギルドからどういう扱い受けるの？」

こうして怒濤の質問攻めの末、小説家は大変満足のいく答えをふんだんに得られた。

実に実りある取材だ。そうほくほく顔の彼女は、最終的にジルの目がやや据わっていたことに幸いながら気付かず済んだのだった。

その翌日、小説家は馴染みの喫茶店でイレヴンと向き合っていた。

「次はアウトローについて知りたくて」

「そんでニィサン俺のこと紹介したわけ？」

「即答だったかなって」

小説家は、イレヴンとはリゼルの同席者として何度か顔を合わせたことがある。

よってジルを相手にするよりは気が楽だ。なにせ、何かを食べさせておけば機嫌を損ねることはない。比較的ノリが軽く、小説家がリゼルの知人であるのもあって愛想もそれなりに良い相手だった。とはいえ、今日はリゼルのフォローを望めない。機嫌を損ねた時点で終了、という点には気をつけておく必要があるだろう。

「普段は品行方正だけど、実はアウトローっていうのを書きたいんだよね」

「ふぅん。なんか食わせて」

「私が破産しない程度に好きに頼んでいいからね。それでアウトローなんだけど」

「アウトローっつう言い方ウケる。パスタとパニーニとオムライスとカレー」

「しゅ、主食……！　ええと、それでアウトローなんだけど、盗賊とかは前出しちゃったし」

「飲み物はァー……ココナッツミルクと果実水、炭酸の」

聞いているのだろう。正面で椅子の背に肘をついて座る姿を眺める。

訴えかけるように凝視していれば、目を白黒させながら注文を受けて去っていく店員を眺めていた目が、ふいに小説家へと向けられる。撓《しな》る瞳は嗜虐《しぎゃく》的であり、その中でゆっくりと動く縦長の瞳孔が酷く目を惹いた。このパーティメンバーは三者三様、それぞれが他者の目を惹いて止まない人物であるのだろう。小説家にしてみれば、この色々と派手なタイプはわりかし苦手な部類の相手なのだが。

「で、何。盗賊以外のアウトロー？」

「う、うん」

「つうかアンタの言う盗賊って何？」

「えっ？」

嘲《あざけ》るような笑い方だ。しかしよく似合っているせいか嫌味はない。

小説家はイレヴンの問いに少しばかり悩んで答えを口にする。

「人のもの盗んで、暴力とか……んん、暴力は盗賊じゃなくてもするし。ええっと」

「そういうコト」

「ん？」

「小説とかってそういうの必要なんだ？　何つうの、テーギ？」

定義。言われてみれば確かにそうだ。

悪党の名称など、周りがそう呼んでいるに過ぎない。徒党を組んで盗みを働いているのが盗賊。人の家に押し入って暴虐の限りを尽くすのが強盗。その他にも色々とあるが、それらの悪党の行いに然したる違いなどないのだ。理不尽に他者を害する者たち、ただそれだけに過ぎない。

「でも、小説内ではあったほうが便利なんだよね。定義」

「ふぅん。どうでも良いけど」

「あ、義賊とかどう？」

「俺キラーイ」

義賊というのは本物の悪党に嫌われるらしい。小説家は学んだ。

いや、イレヴンが本物の悪党かというと分からないが。そう紹介されただけだ。

「じゃあ、アウトローって猫被れるかな？　ほら、普通の人ですよーっていう」

「アウトローってどんな奴？」

「裏の悪い顔ってこと？　えーっと……気に入らない相手を半殺しにしたり」

「ハハッ、優し」

頬杖をついたイレヴンが、心底可笑しそうに唇を歪める。

小説家は口元を引き攣らせた。何というか、本当に悪党が目の前にいる気がしてきたからだ。

何故リゼルかジルかに同席してもらわなかったのかと、今になって強く後悔してしまう。そう、あれほどガラの悪い印象が強いジルをさえ心から望んでいた。あの圧倒的強者感は、裏返せば絶対的な安心感となる。目の前の癖の強い獣人を力で押さえつけられる、その確証があるだけで心が救われる気がした。

「そんくらいなら好青年気取れそう」

「え、あ、そう？……ちなみに、気取れないタイプって？」

「あー……」

ふとイレヴンが席を立った。

そのまま何も言わずに店を出ていく。小説家は混乱のままにそれを見送った。

何か気に入らない質問をしただろうか。そう心配していれば、先程注文した分の料理が運ばれてくる。イレヴンが戻って来なければ小説家がこれを食べなければならない。絶対的な危機に冷や汗が滑り落ちそうになった時だ。

「こういうの。あ、料理来てんじゃん」

戻ってきたイレヴンの後ろには、癖のある長い髪をサイドで結った男が一人。

小説家はしきりにイレヴンと男を見比べるも、連れてきた本人は男を放置して食事を始めてしまっている。どうしよう、と困り顔でサイドテールの男へと視線を向けた。

「そ、そんな目で見て、目で見られて、僕、僕だって別に、う、うう、何で」

何やら呟いているのがひたすら怖い。

淀みきった両目はあちらこちらを彷徨っているも、一度も小説家のほうを向かない。彼は所在なさげに立ち尽くし、小さく唇だけを動かしながら徐々に俯《うつむ》いていく。異様なほどの気味の悪さに、小説家は空いた椅子を勧めることさえできなかった。視線を逸らしたいが、逸らした途端に自分がどうなるのか分からずに身動きがとれない。

「必要ないなら、ぼ、僕のこと呼んでおいて、必要ないなんて、酷」

絶望で塗りつぶされたような両目が、瞼を痙攣させながら小説家を映そうと動き――、

「参考になった？」

「参考になった!!」

小説家が叫んだ瞬間、男は胸倉を摑まれて店の外へと捨てられた。

本当に捨てられていた。酷くあっさりと問いかけたイレヴンにより、ぽいっと店の扉から道端へと捨てられた。店のすぐ前では地面を転がり、土に汚れた男が呆然と蹲《うずくま》っている。そのまま見ていれば、何処かから現れた獣用の口枷《くちかせ》をした男に回収されていった。

「あいつモデルにすれば？」

「ヒ、ヒロインが死ぬ……」

大きな口に次々と食事を運びながら告げるイレヴンに、小説家は何とかそれだけを返した。


その翌日、小説家は馴染みの喫茶店で宿主と向き合っていた。

「今日はよろしくお願いしゃっす！」

「普通の人だ！」

「普通の人ですすみません……」

緊張した様子で挨拶をする相手に、小説家は多大なる感動と共に叫んだ。

謝らせてしまったが。必死に弁明して、以前の三人との話し合いも説明して、深い共感を得ることができたのは幸いだった。共感を得られるほどに普通の人だ、というのは今度は口に出さなかったが。

「えー……それでですね俺と話したいっていう女性がいるって聞いてですね」

「うん、洗濯が得意な人を紹介してってお願いしたかなって！」

「えっ」

何やら意気消沈したような宿の主人は、懇切《こんせつ》丁寧に洗濯の極意を語ってくれた。


その翌日、小説家は馴染みの喫茶店でインサイと向き合っていた。

「でっかい！」

「なんじゃいチビっこ」

カラカラと気持ちの良い顔で笑う相手に、小説家も思わず照れ臭そうに頬を緩める。

後は生粋の商人にも話を聞きたいな、と先日の宿主を相手に零したら、どうやらリゼルに話を通してくれたらしい。ちょうど良いタイミングで知り合いの商人がこの国に来ているから、と快く紹介してくれたのが目の前の長身すぎる商人であった。本当ならば以前に冒険者ギルド前で出会った、ツインテールのよく似合う彼女にお願いしようと思ったが、調べてみるとどうも既に出国済みだったらしい。困っていたのでリゼルの紹介は非常に助かった。

「そんで、小説家だって？」

「あ、はい」

インサイが腰かけると、椅子が非常に小さく見えた。

小説家自身はインサイを父親より若いくらいかなと思っている。だが周囲からは親子に見られており、しかして実態は祖父と孫ほどに歳の開きがある二人。歳の割に年寄りじみた話し方をするな、と不思議そうな小説家がそれに気づく様子はない。

「書いてんのはどんなだ？」

「色々書いてるけど、次書こうとしてるのは恋愛物で」

「恋愛？　あの三人がよく相談乗っとるな！」

覇気のある笑い声が上がる。

恋愛部分については、リゼルたちの何も参考にしていないことを補足しておくべきだろうか。小説家は少しだけ悩み、どちらがリゼルたちのフォローになるのか分からず止めた。

「この国はよーく色んな本が売れとるな。他の国で受けるかは分からんが」

「私の作品もそんな感じかなって」

「ほぉん。アスタルニアでは売れてんのか」

「代表作は、そこそこ？」

さりげなく商品価値を探られた気がする。

小説家は一瞬真顔になった。それを見たインサイが、ニッと笑みを浮かべる。

「こういうのが知りたいんじゃろ」

若かりし頃は酷くモテただろうなと、小説家は謎の感動を胸に抱いた。

「ほれ、聞きたいことあるんじゃねぇのか」

「あ、そうだ。商人が成り上がるには何が必要か、とか聞きたくて」

「成り上がりねぇ」

インサイが椅子の背凭れに体重をかける。

背凭れは足りているのだろうか、なんて小説家はズレた心配をしてしまった。

「まずは運じゃろ。賭けにでも出なけりゃ一代の成り上がりは無理だ」

「はい」

「あとは肝っ玉の太さ。ハッタリくらい軽く利かせねぇとな」

「ハッタリ」

「信頼できる仲間もな。人手がなけりゃどうにもならん」

「おぉ、確かに」

「最後に美人な嫁さんがいりゃ完璧じゃな！」

「成程ユーモア」

うちの嫁さんは凄いぞ、と嫁自慢が始まりそうになる。

小説家は助言をメモしながら、何とか質問を重ねることでそれを回避した。聞くのは全然良いのだが、長くなりそうな気配を察知したからだ。肝心の取材ができずに解散となる訳にはいかない。

「裏表のある商人っていますか？」

「裏表ねぇ奴がいねぇだろ。全くねぇ奴は商人に向いとらん」

あまり聞きたくなかった。

小説家は最近よく顔を出している雑貨屋の優しい青年を思い出し、内心で涙を流す。

「まぁ、個人の性格っちゅうならあるだろうけどな」

「あ、良かった！」

「それを表に出す奴は二流じゃ、二流」

成り上がり予定の承認設定と矛盾が発生してしまった。

個人の性格ならプライベートでは別に良いのではないか。いや、それでも出入りしている王宮のランドリーメイドの前では余所行きの態度を徹底するべきではないか。それならば裏表の発覚現場を王宮外にしなければ。

そう黙々と考え込む小説家の前で、インサイがニヤリと笑う。

「そういう意味じゃあ、リゼルの奴は商人に向いとるな」

「彼についてはどうしても、売る側より買う側のイメージのほうが強いけど」

「そりゃあそうだ！」

大きく肩を揺らして笑うインサイが、仰け反った勢いで片手を挙げる。

そして二杯目のコーヒーを頼んだ彼は、さてさてと何かを試すようにテーブルへと腕を置いた。

着席していても尚、遥か頭上から降りてくる視線に小説家はぱちりと目を瞬かせる。

「どら、あやつの頼みじゃ。知りてぇのは王宮に出入りするような商人だったか？」

「え、は、はい」

「そんなら紹介してやるわ。どいつが良い。国王御用達老舗店のテーラーか？　それとも王宮の書庫に本を納入してる外交商か？　ああ、商業ギルドの頭でも今連れてきてやろうか」

「ひぇ……」

小説家は必死で遠慮した。

執筆のことを思えば申し出を受けるべきなのだろうが、それに相応しい作品を仕上げる自信がなかったからだ。完成したら献本を、とでもなったら目も当てられない。なにせ書きたいのは老舗店テーラーの伝記でも、一冊の本が王宮に届くまでの記録でも、数多の商人を束ねる人物の生涯でもないのだ。

「ご、ご、ご遠慮、遠慮します」

「なんじゃつまらん。あやつらなんざ欲しいもん聞いたら非売品ばっかねだってきおったぞ」

「ひえぇ」

この人、とんでもない立場の商人なのではないかと。

ただ「お世話になってる道具屋の子のお爺様なんですよ」とだけ聞いていた小説家は、ただ戦々恐々としながら震える声で質問を続けるのだった。続けるだけの根性はあるのか、とインサイにはやや高評価を受けた。

そうしてなんとか取材を終えた後、小説家は延々と孫自慢を聞くこととなる。

その日の夜、小説家は纏めたメモを確認しながらそっと夜空を仰いだ。

「どうしよう……」

新作はなんとか出した。なかなか好評だった。

あとがき

もはや何を何処で書いたのかも定かではない。

そんな書き下ろしたちが集まり、予想だにしなかった二巻が発売いたしました。

これも全てそれぞれの書籍やドラマＣＤなどをお迎えしてくださる皆さんのお陰です。そんな優しい読者さんに常日頃から支えられている岬です。いつもお世話になっております。


書き下ろしというのは読者さんがいなければ誕生しません。

休暇本編は私ひとりがいれば誕生します。書きたいものを書くだけで済むからです。ですが書き下ろしは、皆さんの「読みたい」という気持ちがあってこの世に生まれてきております。

特典は、書籍をお迎えする切っ掛けにと思われがちです。もちろん実際にそういう面もあるでしょうが、まず初めに読者さんの存在があるのは間違いありません。そこに需要がなければ書く必要はなく、書こうと思われることすらなかった存在です。

つまりこの一冊は読者の皆さんとの絆。それが形になったものと言えるでしょう。変な言い方になってしまい申し訳ございません。ですが、だからこそ私は書き下ろしを書けることが何より幸せです。大喜びでリクエスト募集をさせていただいております。

こうして断片を集めてみると、リゼルたちが色々な相手に出会い、関係を築き、さまざまな場所へと赴いて、その道中にも物語があるのが分かります。同時に、書きたいものを書けているんだなという実感もあってとても幸せです。

読んでくださる方にも、リゼルの旅路を一緒に並んで楽しんでいただければ感無量です。

この度も、さまざまな方のご協力でこの書籍をお届けすることができました。

これだけの書き下ろしの数だけさまざまな企画を打ち出してくださるTOブックスさん、こういった小話もしっかりスケジュール管理してくださる編集さん、コンセプトの色味の魅力をこれでもかと発揮してくださるさんど先生。

そして、本書を手に取ってくださった読者様方。

今後ともリゼル一同を見守っていただけましたら幸いです！

二〇二二年十二月　岬

出典

前略、早々、意訳につき2	書籍11巻　TOブックスオンラインストア特典
船に浪漫を抱くクァトの旅路	書籍11巻　電子書籍版特典
宿の前でフリマ開催は却下された	書籍12巻　TOブックスオンラインストア特典
密かに三人のテンションを上げた迷宮 No.1	書籍12巻　電子書籍版特典
迷宮散歩に出かけましょう	書籍13巻　TOブックスオンラインストア特典
王都の夜の過ごし方	書籍13巻　電子書籍版特典
ジルのいない二人の一日	書籍14巻　TOブックスオンラインストア特典
冒険者のプライドは何より迷宮踏破を優先する	書籍14巻　電子書籍版特典
リゼルのランクアップを祝う会にて	コミックス3巻
とある宿の女将の視点	コミックス4巻
表裏のないイレヴンはいつだって素の表情を浮かべる	コミックス5巻
きっと気が合ったというだけの話	愛蔵版1巻
スタッドは慣れない思案を始める	愛蔵版2巻
浮かれた迷宮によるお祭り騒ぎ	ドラマCD1
やり込み要素にのめり込んで一夜明かした	ドラマCD2
ミッション：廃墟から脱出せよ	ドラマCD3
小説家インタビュー（する側）の一部始終	書き下ろし

満喫。

まだまだ続く旅模様！

穏やか貴族の休暇のすすめ。17

著：岬　イラスト：さんど

2023年春発売予定!

水の都、

サルス散策&迷宮攻略、

穏やか貴族の休暇のすすめ。短編集2
A MILD NOBLE'S VACATION SUGGESTION

穏やか貴族の休暇のすすめ。短編集2

2023年1月1日　第1刷発行

著　者　岬

編集協力　株式会社MARCOT

発行者　本田武市

発行所　TOブックス
〒150-0002
東京都渋谷区渋谷三丁目1番1号　PMO渋谷Ⅱ　11階
TEL 0120-933-772（営業フリーダイヤル）
FAX 050-3156-0508

印刷・製本　中央精版印刷株式会社

ISBN978-4-86699-719-3

Printed in Japan